책으로 통하는 아이들

자유롭게 읽고 쓰고 토론하라!

책으로 통하는 아이들

김민영·김한나·박은미·김선화·김신 지음

북바이북

서문

책 좋아하는 사람으로 산다는 것

김민영

『고래』, 『고령화 가족』의 천명관 작가와 북콘서트를 진행할 때의 일이다. 50대 남성 관객이 질문을 꺼냈다.

"아이가 어릴 때부터 책을 좋아했는데요. 이제 고3인데 글쎄, 글쟁이가 되겠다고 하는 겁니다. 먹고살기 어려운 일이라는 사실은 모두 아는데. 걱정이 됩니다. 아이가 잘할 수 있을지도 모르겠구요. 문예창작과인가를 가겠다는데 작가님은 그 길을 가보셨으니까 조언 좀 부탁드립니다."

희미한 미소로 관객을 응시하던 천명관은 느리게 마이크를 들었다.

"제가 따님을 알지 못하는 입장이니 단정하긴 어렵지만요. 어릴 때부터 스스로 읽고 싶은 책을 골라본 사람이라면, 무슨 일을 하든 잘 알아서 선택할 겁니다. 걱정하지 마세요."

뜨거운 박수가 쏟아졌다. 단순한 말에 담긴 평온한 확신은 모두에게 위로와 용기로 다가왔다. 명료한 '독서의 이유'였다.

영화로도 만들어진 소설 『리스본행 야간열차』(들녘, 2014)의 작가 피터 비에리 강연집 『자기 결정』(은행나무, 2015)에 따르면 문학작품을 읽으면 "사고의 측면에서 가능성의 스펙트럼"이 열리게 된다. 인간이 삶을 이끌어나가는 모습이 얼마나 다를 수 있는가를 알게 되기 때문이다. 문학을 읽기 전에는 생각하지 못했던 지점에 대해 알게 되면서 '상상력의 반경'이 보다 넓어지는 것이다. 문학은 더 다양한 삶의 흐름을 상상할 수 있고, 더 많은 직업과 사회적 정체성, 인간관계의 종류를 알게 해준다.

두 작가의 목소리는 숭례문학당 '책을 통한 자기표현 - 아이들'(줄여서 '책통아')의 취지와 일맥상통한다. 우리는 아이들에게 그런 경험을 선물하고 싶다. 누가 시켜서, 시험에 나와서, 성적에 반영되어 읽고 쓰는 것이 아니라 스스로 선택해서 읽고 쓰고 말하는 경험을. 그러한 경험은 일생을 살아나가는 데 강력한 버팀목이 된다.

삶이 되는 읽고 쓰고 말하기

숭례문학당의 책통아는 2011년 문을 열었다. 자발적으로 시작한 모임이었기에 보조 교사를 두진 않았으나, 점차 도움의 손길이 나타났다. 여미애 씨는 열 명이 넘는 학생들을 모아 수업에 참여시켰다. 그녀는 "학생들에게 가장 필요한 수업"이라며 책통아의 출발을 지지했다. 바리스타가 꿈이었던 여미애 씨의 조카는 책통아를 거쳐, 지금은 대학에서 바리스타 과정을 마치고, 성북동에 카페를 오픈했다. 그는 언제나 "자신이 좋아하는 일을 해야 한다"고 말하던 사람이었다. 끈질기게 버티고 있다 보니 책을 좋아하는 학부모와 학생들이 하나둘 모였다.

나는 출판 기자 시절부터 읽기에 갇히지 않고 쓰기, 말하기로 가야 한다는 생각을 했다. 주변을 둘러보면 좋아하는 분야의 책만 읽는 사람들이 많았다. 다른 분야를 인정하지 않고, 듣지 못하는 이들도 있었다. 자기 생각에 갇혀 가르치려는 이들을 볼 때 절망했다. 독서가 좋다면, 다른 독서가의 모습도 인정해야 하지 않는가. 책을 좋아하는 사람들이 외골수, 한량, 광인, 꼰대로 비춰진다면 도서관도 독서 운동도 미래는 없다.

사회적 명예나 부를 쌓은 이들의 독서 습관을 뽑아서 마치 독서가 성공 비결인 것마냥 비추는 미디어의 태도도 불편하다. 세상이 요구하는 성공은 책 읽는 사람들이 원하는 길이 아닐 수 있다. 굳이 스티브 잡스나 빌 게이츠를 운운하지 않더라도 원하는 책을 읽고 건강한 관계를 쌓으며 살아간다면 좋은 삶이다. 자신이 아는 좁은 지식에 갇혀 독불장군이 되는 건 우리가 지향하는 독서가의 모습이 아니다. 좋아하는 책에 홀로 갇혀선 안 된다.

책통아는 그렇게 세상에 도착했다. 책을 좋아하는 아이, 싫어하는 아이, 읽어도 그만 안 읽어도 그만이라는 아이, 잘 모르겠다는 아이들이 한자리에 모였다. 함께 읽고, 쓰고, 토론하기를 기본으로 하되 '재미'와 '의미'에 집중했다. 거창한 철학이 아닌 꾸준히 책 좋아하는 사람으로 사는 터전을 만들어갔다.

학부모들은 종종 묻는다. "어떻게 하면 독서습관을 기를 수 있을까요?"

타고난 성향, 가정환경이 주 요인일 수 있지만 '사회적 관계'도 막강한 힘을 발휘한다. 일생 운동과 담 쌓고 살았던 내가 걷고, 달리고, 근력 운동과 요가를 매일 하게 된 것 또한 관계 때문이었다. 함께 걷자던 동료가 있었고, 달리기를 권하는 무라카미 하루키도 만났고, 근력 운동 전문가에게 배우기도 했다. 그들 덕에 죽어도 못할 것 같던 운동이 삶의 일부가 되었다. 숨 쉬듯 매일 하게 되는 습관이 되었다. 독서도 다르지 않다. 책통아로 책 읽는 습관이 쌓여, 책 읽는 사람으로 산다면, 아니 삶의 한 시기라도 생각하며 읽고 쓰고 토론한다면 족하다.

책 읽어도 외로울 수 있어

나의 학창 시절의 키워드는 '소외감'이었다. 시키는 건 하기 싫고 하고 싶은 일은 많았던, 할 얘기는 많은데 들어줄 사람 없었던, 나만 뒤처지는 것 같았던, 꿈도 재능도 없어 불안했던 시절, 참 외로웠다. 책 읽기를 좋아했고, 표현하고 싶은 욕망은 왕성했지만 학교에서 책 이야기를 할 수는 없었다. 학교는 성적만을 요구했다.

지금 학교라고 달라졌을까. 여전히 학교에 책 읽기, 글쓰기, 토론의 자리는 없다. 책 좋아하는 아이들의 생각은 조용히 묻힌다.

책통아 첫 수업, 나는 어린 시절로 돌아가려 했다. 어른, 교사 가면을 벗고 내면을 그대로 드러냈다. "난 공부도 잘 못했고 학교생활도 재미없어 했어. 친구도 적었고 자주 외로웠어. 하기 싫은 과목도 많고. 난 책을 좋아했지만, 읽은 후 생각을 말하지 못했어. 그 누구도 내 생각을 묻지 않았어. 가수 신해철을 좋아해서 공연을 보러 다녔는데 그런 나를 학교와 가족 모두 비난했지. 음악을 좋아하는 건 문제가 되지 않는다고 생각했지만 공감받지 못했어. 외롭고 힘들었어. 책, 음악, 영화가 없었다면 학교생활은 더 힘들었을 거야."

아이들은 내 고백에 귀 기울였고 관심을 보였다. 자기도 좋아하는 그룹이 있다며 소개해주고, 이제부터라도 친구를 좀 사귀어보라는 조언도 했다. 자기도 수학이나 과학, 체육을 싫어한다며 반가워하는 아이들과 밀도 높은 관계를 쌓아갔다. 서로 좋아하는 책을 추천하고 빨리 읽어보라고 재촉했다. 성적도 재능도 별볼일 없던 내가 책으로 좋아하는 일을 찾게 되었으니 신기하다고 말하면, 단체 박수를 치기도 했다. "잘됐어요" "힘들었겠어요" 고사리 손을 내밀며 선생님 멋지다고 어깨를 두드려준 아이들이 있어 힘을 냈다.

독서광 엄마 밑에서 자란, 책이라면 진저리를 치던 재성이는 잊을 수 없는 학생이다. "김민영 선생님 맞아요?" 교실에 들어오자마자 내 정체를 확인하고, 자기소개를 당당히 하던 재성. 그는 엄마가 책 읽는 모습만 봐도 짜증난다고 했다. 엄마랑 놀고 싶은데, 엄마는 늘 읽어야 할 책이 많다며 자신을 귀찮아한다는 것이다. 아빠는 화만 내는 사람이고, 엄마는 책에 빠져 있으니 자기는 말썽쟁이 동생하고만 놀아야 해서 스트레스가 심하다고 했다.(물론 엄마의 말은 달랐지만) 늘 외롭다던 재성은 읽기만큼이나 글쓰기도 싫어했는데, 엄마의 조급증은 또 다른 장애물이었다. "아이가 문장이 늘지 않는 것 같아 답답해요. 초등학생보다도 못 쓰는 것 같아요." 재성의 어머니는 글 잘 쓰는 블로거였으니, 아들의 글에 만족할 리 없었다. 재성이 원한 것은 공감과 존중이었으나 어머니가 바란 것은 결과와 성취였다.

여러 가정을 보며 책 좋아하는 사람이 되는 두 가지 길이 보였다. 공감받지 못한 외길, 공감하며 함께 읽기. 후자의 길을 세상에 펼쳐 보이고 싶었다. 학교에서 마음껏 할 수 없는 독서, 글쓰기, 토론의 재미를 느낀다면 아이들의 삶은 더욱 풍요로워지리라.

다음은 『논다는 것』(이명석 글·그림, 너머학교, 2012)을 함께 읽고 토론하며 아이들이 남긴 생각이다.

오래 전 기록이지만 새롭고, 강렬하다. 우리는 무엇을 향해 질주하는가, 어떻게 살아야 하는가. 얇은 책 한 권에 더해진 아이들의 생각을 다시 읽는다. 책통아를 지속하는 한 치열하게 생각하고, 표현하는 작업은 계속될 것이다.

나는 학원을 다니지 않는다. 그래서 날마다 놀 수는 있다. 하지만 내가 놀고 있는 것이 잘 놀고 있는 것인지 아니면 잘못된 방식으로 노는 것인지 궁금하여 이 책을 읽게 되었다. - 독고현(초6)

내가 가장 흥미를 느낀 것은 전자기기가 없어도 놀 수 있다는 것인데, 136쪽을 보면 노리단이 나온다. 우리 형은 중학교를 졸업하고 나서 이 노리단에 들어갔는데, 사진에도 공연하는 모습이 아주 확실히 보인다. 재활용품(파이프)를 모아서 자르고 붙이고 악기를 만들어서 청소년들끼리 공연하는 그룹인데 이 공연을 볼 때마다 느끼는 것은 누가 억지로 시킨 것이 아닌, 자신이 하고 싶어서 하고 있는 공연이라고 해야 할까. 아주 행복한 모습이 보였다. - 이창민(초6)

광부란 광산에서 광물을 캐는 직업을 말한다. 이 일은 곡괭이, 다이너마이트 등을 이용하며 지하로 내려가기 때문에 많은 사람들이 죽고 다친다. 하지만 이런 위험을 무릅쓰고 하는 사람들도 있다. 어떤 사람은 가족이 시켜 원하지는 않지만 어쩔 수 없이 하기도 하고 어떤 사람은 자기가 그 광물을 찾았을 때의 기쁨과 가족들의 모습을 생각하며 원해서 한다. 이 두 사람의 차이는 욕구이다. 원하지 않는 사람은 대충 파고 원하는 사람은 더 열심히 파서 더 좋은 성과

를 얻을 수 있을 것이다. - 박천수(초5)

이 책을 읽고 컴퓨터, 스마트폰 등의 전자기기로만 놀 것이 아니라 나의 독창적인 생각, 내가 하고 싶은 일들 등을 해야겠다고 생각했다. - 이수빈(중1)

곰곰이 생각해보니 우리가 공부해서 얻는 지식을 통해 놀이를 더 재미있게 만들 수 있다. 한번 생각해보자. 움직이지 못하는 롤러코스터와, 모양만 컴퓨터인 컴퓨터와, 주사위가 없는 브루마블을. 사칙연산이 가능하기에 우리는 브루마블을 할 수 있고, 공학기술이 발달했기에 우리는 컴퓨터 게임을 할 수 있으며, 물리학이 발달했기에 롤러코스터와 같은 놀이기구도 탈 수 있는 것이다. 물리, 수학, 공학, 다 머리 아픈 공부라고 생각하지 말고 관점을 바꿔서 놀이를 하기 위한 도구로 생각하면 어떨까? - 김하국(초6)

오늘 놀아야 내일이 열린다! 나는 이 말이 참 좋다. 하지만, 내일 시험인데 오늘 놀면 내일 시험을 제대로 칠 수 있을까? 행복하게 놀고, 행복하게 공부하는 세상이 되었으면 좋겠다. - 김동욱(초6)

이 책에서 말하는 논다는 것과 내가 노는 것은 어떤 차이가 있을까? 노는 것이 세상에서 제일 쉬운 일이라고 생각했는데, 이 책을 읽

고 나니 논다는 것이 굉장히 신비로운 일처럼 느껴졌다. - 권영재(초4)

요즘 학생들은 아이돌을 너무 좋아한다. 샤이니, 인피니트, 엑소 등 아이돌에 따라 다양한 팬 문화가 생겨나고 있다. 이 팬질도 놀이의 한 분야일까? 나도 샤이니를 좋아해서 팬질을 하는데, 그때만 흥분되고 기분이 좋아질 뿐 무언가 허탈하고 시간이 너무 빨리 가버린다. 하지만 아이돌을 좋아하고 팬질을 하는 것은 우리가 거칠 수밖에 없는 로망인 것 같다. 매일 숙제해라 공부해라, 하는 교육 시대인 지금, 공부만이 아니라 놀이도 우리의 삶의 큰 일부분으로 남아 있었으면 좋겠다. - 신지아(중1)

나는 아직 노는 법을 잘 모르는 것 같다. 그리고 몇몇 어른들도, 늦은 오후 학원시간에 맞추려고 패스트푸드점에 늘어서 있는 언니 오빠들도. 또 청소년들이 놀 수 있는 곳의 필요성을 못 느끼는, 노는 것의 중요성을 모르는 사람들도. 책에서 나온 것처럼 제대로 잘 사는 법은 잘 노는 데서 나오는 것 같다. 그러는 가운데 자신의 꿈을 찾을 수 있을 것이고.

엄마한테 이야기해야겠다. 놀러 가자고! - 이해인 (초6)

아이들과의 즐거운 독서토론을 위한 안내서

김선화

이 책은 숭례문학당에서 2011년에 문을 연 '책을 통한 자기표현 - 아이들(책통아)'의 경험을 나누고자 쓰였습니다. 숭례문학당은 책 읽고 토론하고 글을 쓰는 사람들이 모인 학습 공동체인데요, 같은 책을 읽고 자신의 느낌과 생각을 자유롭게 말하고 타인의 의견을 경청하며 시야를 확장하는 비경쟁 독서토론을 주로 합니다. 비경쟁 독서토론을 한 번 경험한 분들은 그 매력에 빠져 동료, 주변인, 가족과 함께 토론하고 싶다는 말씀을 자주 합니다. 무엇보다도 학업에 얽매여 책 읽는 기쁨을 잃어버린 아이들이 하면 제일 좋겠다고요.

이렇게 좋은 비경쟁 독서토론을 아이들과 함께 누리자, 적은 인원이어도 우선 시작하자, 우리가 느낀 것을 나누어주자. 그런 마음으로 책통아는 탄생했습니다. 약 10년의 세월이 흐른 지금, 학기마다 총 10개 반에서 100여 명의 아이들이 비경쟁 독서토론에

흠뻑 빠져듭니다.

연령에 따라 구성에 조금씩 차이가 있지만 2019년 상반기를 기준으로 총 10개 반이 운영 중입니다. 가장 어린 유아반(7세)과 가장 연장자인 고등반(중3~고2)은 각각 한 반씩 운영합니다. 그밖에 입문반(초1·2학년), 기초반(초3·4학년), 기본반(초5·6학년), 중등반(중1·2학년)은 두 반씩 운영하며 오전반과 오후반으로 나뉩니다.

숭례문학당 구성원들의 재능 기부가 한몫했지만, 무엇보다도 책 읽고 이야기 나누는 데에 목마른 아이들과 주입식 사교육이 아닌 진정한 독서토론 경험을 원하는 학부모들의 소망이 책통아를 성장하게 한 밑거름이었습니다. 그러나 한정된 공간과 부족한 시간 때문에 책통아에 함께하지 못한 아이들의 지원서들을 떠올려보면, 지금만으로는 충분하다는 생각이 들지 않습니다. 격주로 학당에 오가는 것 자체의 어려움으로 지원조차 해보지 못한 수도권 외 지역의 아이들을 떠올리면 더더욱 그렇습니다. 더 많은 아이들이 비경쟁 독서토론을 경험하면 좋겠다는 마음으로 책통아를 진행한 전 과정을 펼쳐 보여드리려 합니다.

이 책은 기본적으로 비경쟁 독서토론을 진행하기 위해 필요한 내용을 담고 있습니다. 책통아 교사들이 독서토론을 위해 책을 고르고, 논제를 만들고, 토론을 진행하고, 글쓰기를 지도하는 방식

책통아 프로그램 구성

	인원	시간	학기시수	수업 구성	기타	교사 인원
유아반 (7세)	6~8명	50분	7강	10분 책읽기 30분 독서토론 10분 활동	1개반	5명
입문반 (초1·2)	9~10명	90분	7강	70분 독서토론 20분 글쓰기	2개반	3명
기초반 (초3·4)	12명	120분	7강	90분 독서토론 30분 글쓰기	2개반	3명
기본반 (초5·6)	12명	120분	7강	90분 독서토론 30분 글쓰기	2개반	3명
중등반 (중1·2)	12명	120분	7강	90분 독서토론 30분 글쓰기	2개반	3명
고등반 (중3~고2)	12명	120분	7강	90분 독서토론 30분 글쓰기	1개반	3명

들을 엿볼 수 있습니다.

비경쟁 독서토론의 3요소는 진행자, 토론자, 논제입니다. 책통아에 대입해보면 각각 책통아 교사들, 책통아에 참여하는 아이들, 책을 바탕으로 한 논제가 되겠지요.

3요소 중 가장 중요한 것으로는 '토론자'를 꼽습니다. 토론자가 없다면 토론을 할 수 없으니까요. 책통아에서도 가장 중요하게 여기는 것은 토론자, 바로 아이들입니다. 독서토론이 무엇인지도 모르고 오는 아이들을 '토론자'로 만드는 것은 '진행자'의 몫입니다. 진행자는 아이들이 토론자로서 취해야 할 경청과 공감의 태도를 갖추고 자신의 생각과 느낌을 주어진 시간 내에 잘 발언하도록 이끌어주어야 합니다. 독서토론을 위해 책은 꼭 읽어오는 것이 좋다는 점, 토론을 위해서는 책을 어떤 방식으로 읽으면 좋을지를 알려주는 것도 교사의 역할입니다. 비경쟁 독서토론을 경험한 아이들이 책을 얼마나 사랑하게 되는지, 비경쟁 독서토론의 풍경이 궁금하신 분들은 1장을 읽어보시면 잘 아실 수 있을 거예요.

'토론자' 다음으로는 '논제'와 '진행자' 어느 쪽이 더 중요한지 분명히 답하기 어렵습니다. 토론의 '논제'는 '진행자'가 주로 만들기 때문입니다. 정해진 시간 내에서 밀도 있는 독서토론을 하기 위해서는 '논제'가 필수입니다. 책통아 프로그램을 준비하면서 교사들이 가장 심혈을 기울이는 단계도 바로 논제 만들기입니다. 논제를 만들기 전 토론에 적합한 책을 찾아 도서관과 서점을 헤매고, 좋은 논제를 뽑기 위해서 책을 여러 번 읽습니다. 핵심 질문거리를 머릿속에서 궁굴리고 문장으로 다듬어 논제문을 만듭니다. 토론에 적합한 책을 고르는 방법이나 좋은 논제문을 만드는 방법이 궁금하신 분들은 2장부터 먼저 펼쳐보세요.

책통아 교사는 토론에서 '진행자'의 역할을 합니다. 학기 초에는 서로 모르는 아이들이 토론에 참여하는 경우가 대부분인데요. 바로 그 첫 수업부터 진행자로서 교사의 역할이 매우 중요합니다. 낯선 장소, 낯선 이들 사이에서 쭈뼛거리는 아이들의 긴장감을 풀어주고 토론에 바로 몰입할 수 있도록 이끌어야 합니다. 비경쟁 독서토론의 규칙을 설명하는 말, 논제에 따른 독서토론 진행 멘트, 실전 진행에서 일어날 수 있는 돌발 상황 등이 궁금하시다면 3장을 읽어보시기 바랍니다.

책통아에서는 일반적인 비경쟁 독서토론과 달리 토론 후 글쓰기 시간을 가집니다. 공교육에서 중요하다고 강조하면서도 실제 잘 이루어지지 않는 글쓰기 활동을 책통아에서는 꼭 하고 싶었거든요. 책을 통한 자기표현이 토론에 그치지 않고 글로 확장되어야 한다는 생각에 시간을 쪼개어 꼭 글쓰기를 진행합니다. 토론 후 글쓰기의 효과일까요? 평소 글쓰기를 싫어하고 어려워하는 아이들도 책통아에서만큼은 곧잘 씁니다. 책통아 시간에 이루어지는 글쓰기의 비법은 4장에서 확인하실 수 있답니다.

책통아의 모든 것을 담으려고 노력했지만 책에 나오는 대로 준비했더라도 아이들과의 독서토론이 항상 성공적으로 진행된다고 장담할 수 없습니다. 토론 시간은 살아 있는 유기체와 같습니다. 자극을 주면 반응이 나오는 컴퓨터 프로그램처럼 흘러가지 않습니다. 아이들의 컨디션, 교실 상황, 그날의 날씨, 토론 전의 분위기 등이 모두 수업에 영향을 줍니다. 때로는 돌발 상황으로 인해 토론이 잘 진행되지 않을 수도 있습니다.

이 모든 변수를 이겨내는 힘은 결국 진행자의 '태도'입니다. 돌발 상황이 생기더라도 진행자는 의연하게 대처해야 합니다. 항상 교실 전체 분위기의 중심을 잡고 있어야 합니다. 교사가 어수선하면 아이들은 바로 그 영향을 받습니다. 아이들을 사랑하고 존중하는 마음을 갖되, 자신의 페이스대로 독서토론을 이끌어야 합니다. 잘 갖춰진 논제가 있다면 산만하고 붕 뜬 상태의 아이들을 이끌어 진지하고 즐거운 독서토론 시간을 만들 수 있는 가능성이 있답니다. 무엇보다도 교사가 아이들을 대하는 태도, 독서토론을 생각하는 자세, 토론을 진행하며 보여주는 '경청의 태도'가 토론을 좀 더 살아나게 만듭니다. 교사의 칭찬 한마디가 아이의 글쓰기 근력을 키우는 구령이 될 수 있습니다.

아이들과의 독서토론과 성인의 독서토론에는 차이점이 없습니다. 책통아 프로그램을 진행할 때 기억해야 할 점은 딱 한 가지입니다. 아이들을 하나의 완성된 인격체로 대할 것. 아이는 어른이 되지 못한 미완의 존재가 아니라, 어른 사람과 같은 대접을 받을 만한 '아이 사람'이라는 점을 마음에 새기고 임하면 그 진정성을 아이들도 알아봅니다.

숭례문학당의 책통아 이야기가 아이들과 비경쟁 독서토론을 경험하고 싶은 선생님, 부모님께 조금이나마 도움이 되길 바랍니다.

차례

3장 실전! 비경쟁 독서토론 _김선화

4장 나만의 관점을 담은 글쓰기 _김신

부록1 - 책통아 학생 후기

부록2 - 독서토론 논제 예시

부록3 - 책통아 진행도서 목록(2017~2019년)

1장

책으로 자라는 아이들

_김한나, 김민영

유튜브
스타
금은동
유튜브
스타
금은동

우리들의 테라비시아

일요일 아침 10시, 책통아 수업에 참여하는 아이들이 곳곳에서 부지런히 모여들기 시작한다. 숭례문학당 교실에 들어서면 모둠으로 서로 둘러앉아 이야기할 수 있도록 자리가 마련되어 있고, 이름표와 논제문도 정성스레 놓여 있다. 일곱 번의 수업으로 구성된 한 학기를 시작하는 첫날은 교사들과 아이들이 처음 만나는 날이다. '비경쟁 독서토론'을 앞으로 어떻게 해나갈 것인지, 책들에 대한 소개, 토론 후 활동인 글쓰기에 대한 미니강의가 끝나면 수업이 시작된다.

처음 수업에 참여한 친구들은 낯선 환경에 입을 잘 떼지 못하고 눈동자만 부지런히 움직인다. 반면 독서토론을 해본 경험이 있는 아이들은 손을 높이 치켜들고 발언권을 얻으려고 소란스럽기도 하다. 책에 대한 별점과 소감을 나누고 자유논제를 진행하다 보면 토론 분위기가 차츰 무르익는다. 선택 논제에 접어들어 서로 의견을 나누어 손바닥과 손등을 들어 자기 견해를 말하는 지점이 되면 수업은 절정에 달한다.

아이들은 생각보다 깊다

처음 독서토론을 하는 아이들은 교사의 질문(논제)에 답하기 어려워한다. 어떤 아이는 "잘 모르겠어요"라는 말로 일관하기도 한다. 강의식 수업에 익숙한 아이들은 계속해서 자신의 의견을 말해야 하는 것에 당혹스러워할 때가 많다. 생각이 있어도 말로 정리하여 표현하기가 쉽지 않은 것이다. 그러나 차츰 토론이 진행되면 자신의 생각을 친구들과 주고받는 재미를 알아간다. 나와 생각이 다른 다양한 친구들의 의견을 들으면서 "이 책이 이렇게 깊은 뜻이 있었네!"라며 놀라기도 한다. 또 책을 읽으며 다음 토론 때는 어떤 이야기를 해야겠다는 준비를 하게 된다. 더 명확하고 임팩트 있는 나만의 생각을 정리하고 싶어지는 것이다.

저학년 아이들은 책과 논제를 이해하는 능력에서 어려움을 겪을 수 있다. 학년별로 이해가 가능한 책을 선정해야 하고 아이들의 눈높이에 맞춘 논제를 뽑아야 하는 것은 당연한 일이다. 그러나 아이들은 토론에서 학년과 나이를 넘어서는 자신만의 관점과 세계를 펼쳐 보여준다. 어른들의 생각 이상으로 아이들의 생각은 훨씬 넓고 깊다.

유아반 수업 중 무척 인상적인 순간이 있었다. 『샘과 데이브가 땅을 팠어요』(맥 바넷 글·존 클라센 그림, 서남희 옮김, 시공주니어, 2014)라는 동화책으로 토론할 때였다. 친구와 땅속에 있는 보물을 찾는 놀이 이야기를 하는 시간이었다. 유아반 아이 중 가장 어린 해연이가 "땅을 깊이 파는 그림을 보니 우리 엄마와 아빠가 돌아가신다면 어떻게 해야 하나 생각이 들었어요. 그때는 내가 땅에 묻어드려야 돼요."라고 말했다. 부모의 도움이 전적으로 필요한 어린아이가 부모님을 돌보고 책임지려는 생각을 하는 것이 놀라웠다. 이후 토론에서는 죽음 이후의 세상과 영혼에 대한 이야기들도 나눌 수 있었다.

중·고등반은 학교 시험 때가 되면 참석 여부를 놓고 고민하는 아이들이 많다. 독서토론 전 비어 있는 짧은 시간에 시험공부를 하는 경우도 있다.

2017년 하반기 중등반 세 번째 수업은 『비밀의 숲 테라비시아』(캐서린 패터슨 지음, 도나 다이아몬드 그림, 김영선 옮김, 사파리, 2012)로 진행했다. 동명의 영화와 함께 이 책을 읽고 온 아이들의 평점은 거의 5점 만점에 육박했다.

이 책의 주인공 제시는 소극적인 태도로 학교에서 소외된 아이였고, 집에서는 누나와 동생들 사이에서 기를 펴지 못한다. 그러던 어느 날 레슬리라는 아이가 전학을 오면서 제시는 달라지기 시작한다. 제시와 레슬리는 숲속 깊은 곳에 자신들만의 비밀의 왕국을 세우고 그곳을 통치하며 행복해한다. 그런 시간도 잠시, 레슬리의 뜻하지 않은 죽음으로 제시는 고통을 겪는다. 그러나 점차 꿈을 찾아 성장해간다.

아이들은 주인공이 학교에서 괴롭힘을 당하는 모습을 보고, 현실의 학교에서 힘든 문제들을 서로 나눴다. 가정에서도 기를 펴지 못하는 주인공을 보며 자신을 돌아봤다. 부모님, 형제 간의 갈등 상황을 이야기하면서 그것이 다른 친구도 겪는 문제임을 알게 되기도 하고 가족 안에서 자기의 위치를 가늠해보기도 했다.

이 책에 대한 논제 가운데, "온전히 자신이 되어 자유롭고 주체적으로 마음껏 꿈을 꿀 수 있는 여러분의 '테라비시아'는 어디에 있나요?"라는 질문이 있었다. 이 질문에 아이들은 스스로가 통치하는 각자의 '비밀 왕국'을 그리기 시작했다. 깊은 숲과 강이 드리워진 드넓은 공간이 아닌 도심의 좁은 골목에서, 입시와 경쟁에 지친 아이들이 자기의 이야기를 마음껏 펼치던 숭례문 앞 그 자리는 이미 그들의 '테라비시아'였다.

아이들과 함께 성장하는 교사들

일 년에 두 번, 봄과 가을 학기를 준비하는 책통아 교사들은 무척 바쁘다. 가장 먼저 도서 선정 작업이 시작된다. 전에 진행했던 책과 겹치지 않고, 가급적 재미와 의미가 있으면서도 학년에 맞는 책을 찾아내려는 고군분투의 시간이다. 선생님들은 서점과 도서관을 뒤져가며 각자 네 권의 책을 선정한다. 그 다음 7강에 맞춰 도서를 최종 선정하는 회의를 거친다.

그러고 나면 논제를 뽑는 시간이 기다리고 있다. 각각 맡은 책의 논제들을 뽑아 팀별 회의를 거친다. 최종논제를 뽑아 올리기까지 많은 준비의 시간을 거쳐야 한다. 또 자신이 맡은 수업 외 참관수업까지, 준비부터 한 학기를 마치려면 바쁜 일정을 다 소화해내야 한다.

책통아 교사 2019년 상반기 회의 일정

1. 신입 교사 오리엔테이션
2. 추천도서 1인 4권
3. 강사별 최종 추천 도서
4. 도서 선정 회의
5. 글 코칭 특강
6. 책통아 심사
7. 논제 업로드

8. 논제 회의

9. 논제 수정본 최종 업로드

베테랑 교사들도 많지만, 처음 수업을 진행하는 교사들은 긴장하기도 한다. 일찍 교실에 도착해 논제를 뽑아 복사해 준비하고 이름표를 만들어 세팅하고 간식도 준비해야 한다. 일요일이라 인근 가게들이 문을 거의 닫아 멀리까지 가서 김밥을 사들고 달려오기 일쑤다.

아이들의 생각을 잘 끌어내야 하는 부담감으로 시작된 토론은 성공적으로 끝나는 날도 있지만 잘 진행하지 못한 것 같아 아쉬움이 남는 날도 있다. 한편 흥미로운 논제에 번쩍 번쩍 손을 들고 서로 말하겠다고 나서는 아이들을 보면 신이 나기도 한다. 책의 감동을 나누고 아이들이 토론을 통해 가치들을 깨닫고 재미있어 하는 모습을 보면 뿌듯함이 올라온다. 수업이 한 주씩 진행될 때마다 교사들도 아이들과 함께 성장한다.

내가 맡은 두 번의 수업 중 첫 시간은 그야말로 아수라장이었다. 플라스틱으로 된 명찰을 계속 떨어뜨리고 옆 친구와의 잡담과 장난은 끊임이 없고, 책상 밑에 들어가거나, 심지어 돌아다니는 아이도 있었다. 부드러운 말로 타일렀지만 잠시 조용한가 싶더니 다른 아이들에게로 전염되기까지 했다. 90분의 수업 시간이 왜 이렇게

긴지, 빨리 마치고픈 생각만 들었다. 무엇이 문제였을까? -기초반 교사 후기(1학기)

아이들 입에서 대답이 술술 흘러 나왔다. 서로 손을 들면서 분위기를 한껏 끌어올렸다. 친구들보다 더 기발하고 튀는 발언을 하려고 두 번, 세 번 말하고 싶어 했다. 지난 학기 같았으면 한 명당 한 번씩의 기회만 주었을 것이다. 하지만 이번에는 원하는 친구들이 마음껏 발언할 수 있도록 기회를 주었다. 물론 아이들의 대답은, 다소 엉뚱하고 황당하다. 하지만 아이들의 상상력을 꺾고 싶지 않았고 어떤 이야기든지 경청하며 들으려고 노력했다. 억눌려 있는 아이들의 자아가 토론을 통해 해소되기를 바랐다. 신나게 하고 싶은 말을 다해서 그런지 경직되어 있던 아이들의 표정은 어느새 밝아졌고, 조금 더 큰 소리로 말하려고 노력했다. 토론 소감을 말하는 아이들의 눈빛이 반짝였다. -기초반 교사 후기(2학기)

책통아 교사 카톡방 풍경

수업이 있는 날 교사들의 단체 대화방에는 그날의 사진과 수업 후기가 이어진다. 기억에 남는 에피소드들을 나누며 떠들썩한 대화방은 저녁 고등반 수업이 끝나는 시간까지 계속된다.

『검은 후드티 소년』 토론 소감과 별점입니다. 3/4/4.5/5/5/4.3/4.5/4
이 소설은 실화를 바탕으로 한 가슴 아픈 내용이지만 아이들은 흥미롭게 읽었다고 합니다. 미국에서 입양아로 산다는 것, 인종차별, 억울한 죽음, 정의를 위해 용기를 내는 것에 관한 이야기가 오고 갔습니다. 마틴의 죽음에 대해 토론할 때는 현재 한국사회 정치와 이슈(버닝썬, 장자연 사건 등)까지 확장되었습니다. 사회를 바라보는 학생들의 시각이 많이 부정적이라는 사실도 확인했습니다. 정치 비리, 사교육비, 취업난 등의 이야기도 나왔습니다. 이번 토론으로 억울한 친구를 만나면 어떻게 도와야 할지 생각해보는 계기가 되었다고 합니다. 일요일 늦은 밤까지 학당에서 토론하는 친구들에게 희망을 걸어봅니다. - 고등반 교사 후기

『있으려나 서점』으로 즐겁게 수업했습니다. 별점은 3점부터 5점까지였고 대다수가 4.5점 이상의 높은 점수를 주었습니다. 그림의 힘을 느낄 수 있었고요. 더불어 아이들이 작가의 다른 책을 2~3권 정도 미리 읽고 와서 놀랐습니다. 요시타케 신스케 작가의 인기를 새삼 느꼈습니다.

특히 책 커버와 표지 그림의 차이를 세밀하게 관찰한 아이들을 통해 많이 배웠습니다. "자신이 책을 만든다면 어떤 책을 출판하고 싶은가"라는 논제에서는 어른들보다 더 번뜩이는 아이디어들을 만날 수 있었습니다. 책에 나온 '서점 결혼식'을 해보고 싶다는 친구들도 있었습니다. - 기초반 교사 후기

『쫄쫄이 내 강아지』는 강아지와 또래 아이가 주인공으로 등장하는 소설이라 아이들이 더 흥미롭게 몰입할 수 있었습니다. 별점은 5/4/4.6/4.5/3.5/2.5/4.7/2.5 이었고요. 아이들의 소감을 기록해봅니다.

- 주인공 한현이와 강아지 쫄쫄이의 두 시점으로 전개되는 방식이 재미있었다.
- 재미있는 에피소드들이 많았고 마지막의 이별 장면은 슬펐지만 감동적이었다.
- 동물을 대하는 인간의 이기적인 태도가 안타까웠다.
- 한현이와 쫄쫄이가 비슷한 감정을 가지고 서로 공감하고 위로하는 장면이 인상적이었다.

토론을 처음 하는 아이들이 학교나 학원과 다르게 자유롭게 발표하는 분위기가 너무 좋다고 해요. 책통아를 꾸준히 해오던 아이들은 다른 친구가 발표하는 글에 대해서 구체적이고 명확하게 칭찬을 하네요. 부쩍 성장한 모습을 확인할 수 있었습니다. - 기본반 교사 후기

『총을 든 여성독립운동가 남자현』으로 토론 잘 마쳤습니다. 별점이 0.5점부터 5점까지 다양하게 나왔네요. 내용은 흥미롭고 좋았는데 잔인한 장면이 많아서 점수를 깎았다고 하네요.

"누군가 네 편을 들어준다고 하면 그건 숨은 욕심이 있는 거다. 그러니 누구에게 기댈 생각을 하지 말고 홀로 서야 한다"는 남자현 아버지의 말에 공감하는가를 묻는 논제가 있었어요. '공감한다'와 '공감하기 어렵다'가 7대 3에서 6대 4, 5대 5까지 토론 중에 아이들의 선택이 계속 바뀌네요. 양쪽 의견이 팽팽하게 나뉘면서 흥미진진한 토론이었어요. - 기초반 교사 후기

『카메라 편견을 부탁해』 3.5/4.0/3.5/4.5/4.0/4.0/4.5/4.0
〈경향신문〉 강윤중 기자가 사진을 통해 우리 사회의 편견을 말해주는 책입니다. 각자 인상적인 사진을 소개하고 기자가 되어 인터뷰 질문도 만들어봤습니다. 그 질문들을 보니 학생들의 관심사가 읽히네요. 이주노동자에 대한 편견이 심하고, 성소수자에 대해서는 다소 열린 시선이었습니다. 장애인과 독거노인, 철거민, 세월호 가족에겐 안쓰러운 마음들을 표현했고요. 김밥을 먹으며 신나게 토론하고 돌아갔습니다. - 고등반 교사 후기

『10대를 위한 정의란 무엇인가』 토론 잘 마쳤습니다. 정치철학이라는 어려운 분야임에도 열띤 토론이 이루어졌습니다. 다양한 갈등 상황에서 어떻게 올바른 판단을 할 것인가에 대해 배울 수 있었다고 합니다. 서로의 생각을 나누며 많은 입장 차이도 느꼈습니다. 학교에서도 이런 토론을 했으면 좋겠다는 소감이 많았습니다. 글도 너무 잘 쓰고 지난 학기보다 훨씬 성숙해진 아이들 모습 칭찬해주고 싶네요.
추신: 간식으로 단 것보다 매콤짭짤한 것을 간절히 원한다고 하니 다음 샘들 참고해주세요. _중등반 교사 후기

아이들과 함께 오는 학부모 풍경

아이들이 독서토론을 하는 동안 학부모들은 주변 카페에 모여 앉아 모임을 시작한다. 아빠들의 참여도 갈수록 늘고 있다. 여기서도 독서토론의 열기가 또 한번 펼쳐진다. 동년배의 아이들을 키우고 있어서인지 대화가 끊이지 않는다. 2018년부터는 학부모 필독서를 지정하여 아이들과 마찬가지로 매주 책을 읽고 토론하는 시간을 가지고 있다. 아이들이 토론하는 책을 같이 읽기도 한다. 이처럼 아이들의 독서토론을 기대하며 온 부모들은 덤으로 주어진 시간을 토론의 감동으로 채운다. 토론 후 만난 부모와 아이들은 그날의 토론 경험을 서로 공유하고 책 이야기를 나누며 돌아간다.

2019년 1학기 책통아 학부모 추천도서 목록

회차	도서	분야
1강	**『청소년을 위한 필사 가이드』** 권정희 · 전은경 · 정지선 지음, 북바이북, 2018	학습법
2강	**『달리기를 말할 때 내가 하고 싶은 이야기』** 무라카미 하루키 지음, 임홍빈 옮김, 문학사상사, 2009	에세이
3강	**『연을 쫓는 아이』** 할레드 호세이니 지음, 왕은철 옮김, 현대문학, 2010	소설/영화
4강	**『사람의 목소리는 빛보다 멀리 간다』** 위화 지음, 김태성 옮김, 문학동네, 2012	에세이
5강	**『시의 힘』** 서경식 지음, 서은혜 옮김, 현암사, 2015	인문
6강	**『수레바퀴 아래서』** 헤르만 헤세 지음, 한미희 옮김, 문학동네, 2013	고전
7강	**『정희진처럼 읽기』** 정희진 지음, 교양인, 2014	에세이

경쟁하지 않고
토론할 수 없을까?

학교의 내신등급은 1등급에서 9등급까지 고정되어 있다. 절반 이상이 5등급 이하의 낮은 등급을 받을 수밖에 없다.

유머게시판에 등장하는 고등학교 급훈이 있다.

"1, 2, 3등급은 치킨을 시키고, 4, 5, 6등급은 튀기고, 7, 8, 9등급은 배달한다."

사회가 만들어놓은 성공 법칙은 획일적이고 제시할 수 있는 대안이 별로 없다. 100년 전에 지어진 학교 건물은 현재 교도소와 가장 비슷한 구조로 계속 이어지고 있다. 통제하기 쉬운 학교에서 다양한 삶이나 행복, 꿈은 몸살을 앓고 있다.

여기 다른 모습의 학교가 있다.

'필립스 엑시터 아카데미Phillips Exeter Academy'는 미국의 유서 깊은 사립학교다. 이 학교의 독특한 학습 방법은 바로 80년간 이어온 '하크니스 테이블'이다. 하크니스 테이블은 12명의 학생들이 둘러 앉아 토론하는 수업이다. 철저히 학생이 주체가 되어 학습이 이루어지며, 교사는 학생들이 토론하는 것을 도와주는 역할만 한다. 이러한 토론식 수업 방식은 KBS 다큐멘터리 〈공부하는 인간〉 편을 통해 국내에서 관심을 받기 시작했다.

우리나라 교육에서는 여전히 교사가 가르치고, 학생이 배우는 것을 당연하게 여긴다. 그러나 한편으로는 하크니스 테이블이나 유대인의 전통적 토론 교육 방식인 하브루타처럼 학생이 스스로 생각하고 질문하며 공부하는 방식이 주목받고 있다. 그만큼 학생의 주체성과 창의성을 존중하는 방식으로 교육의 패러다임이 바뀌기를 바라는 이들이 많다는 것을 느낀다.

편견 없는 토론 교육의 필요성

처음 독서토론을 접하는 아이들이 입을 떼기 어려워하는 이유는 자신의 생각을 정리하여 말하는 것에 익숙하지 않기 때문이다. 아직 학교 교육 시스템을 접하지 않은 유아반 아이들은 그래도 자신의 생각을 곧잘 이야기한다. 오히려 학교에 다니는 아이들이 정답을 맞추어야 한다는 강박 때문에 이야기하기를 꺼리곤 한다.

첫날 자기소개 할 때부터 작은 소리로 웅얼거리던 경훈이에게 신경이 쓰였다. 경훈이는 항상 마지막에 이야기하는 것을 좋아했다. "앞에 말한 친구가 제 의견을 다 말했어요." 그래서 한번은 먼저 의견을 말할 수 있는 기회를 주었더니 5초 후 "잘 모르겠어요. 말 안 하면 안 돼요?"라고 한다.

그러던 경훈이가 5강에 접어들었을 때 손을 번쩍 들고 말해서 깜짝 놀랐다. 그 의문은 소감을 나눌 때 풀렸다. 경훈이는 누군가가 반대되는 의견을 내는 게 싫었다고 했다. 상대가 논리적으로 말하면 주눅이 들어 논쟁이 되는 상황은 피해왔다. 학교에서 했던 디베이트 토론에서는 추첨을 통해 조를 나누었기 때문에 자기 생각을 말할 기회가 없었다고 한다. 책통아에 오는 것도 싫었다고 했다. 다들 발표도 잘하고 글도 잘 쓰는 것 같은데 자기만 못하는 것 같아서 재미가 없었단다. 하지만 정답이 없는 토론이기 때문에 어떤 말도 다 정답이 될 수 있다는 말에 용기가 생겼다고 한다. 경훈이가 소감을 마쳤을 때 아이들이 박수 치며 응원해주었다. "저도 처음에는 그랬어요!"라고 공감해주는 아이도 있었다. - 중등반 교사 후기

아이들에게 토론은 '대회'나 '평가'와 맞닿아 있다. 초등학교 때부터 토론대회에 참가해 우승을 하기도 했던 민지는 "이야기가 빨리빨리 진행됐으면 좋겠어요"라고 말했다. 속도와 결과에 익숙했던 민지에게 이런저런 생각들을 천천히 듣는 독서토론이 지

루했던 모양이다. 그래서 다음 독서토론에 참석하지 않을 것처럼 보였다. 하지만 이후 수업에도 가장 먼저 와서 앉아 있곤 했다. 그러면서 새로운 토론 방식에 재미를 붙였다. 처음엔 무의식적으로 "반대할게요" "반론인데요"라는 식으로 강한 표현을 사용했지만, 교사가 "반대라는 말을 사용하지 말고 '다른 생각인데요'라고 해주세요"라고 하자 조금씩 태도가 달라졌다. "처음으로 제 생각을 말하는 토론이었어요." 안타깝지만 그동안 민지에게 토론은 정해진 책을 읽고 지식을 경쟁하는, 성적과 평가를 위한 대화였던 것이다.

"저희 학교에서는요. 이 책과 다르게요…"라고 말하는 다른 아이들에게 "그건 자기 학교 이야기이기 때문에 일반화를 하면 안 됩니다"라며 공격하듯 말하곤 했던 민지는 이제 자신의 경험을 편하게 풀어놓는다. "전에는 저희 학교 사례를 이야기하면 안 된다고 생각했어요. 객관적인 사례가 아니면 논리적으로 공격받을 수 있다고 선생님이 그러셨거든요. 말하고 싶어도 안 하는 경우가 많았어요." 처음에는 민지처럼 누군가에게 칭찬을 받기 위한 토론에 집중하는 아이들이 많았다. 그래서 정리하고 표현하는 속도가 느리거나, 말솜씨가 부족하거나, 시선을 의식하고 자신감이 약한 아이들은 박수 치는 것에 머무르기도 했다.

비경쟁 독서토론은 다양한 아이들의 손을 모두 함께 잡고 가는 대화의 시간이다. 각자의 속도를 존중받고, 잘하고 못하고를 떠나 함께 둥그렇게 모여 앉아 평등한 위치에서 대화를 나누는 민주적 토론 방식이다. 토론을 경쟁으로 여기는 아이들이라면 비경쟁 독서토론 경험을 선물해주면 어떨까. 다른 이들의 의견에 신경을 곤두세우거나 공격하지 않고, 편하게 자기 입장을 풀어놓아도 괜찮다는 걸 경험하게 해준다면 보다 열린 자세로 살아갈 수 있으리라 믿는다.

성인들도 '틀리면 어쩌나'란 강박에 붙들려 있는 이들이 많다. 어린 시절부터 자유롭게 말하는 기회를 얻지 못해, 정답 강박에서 벗어나는 데 수십 년이 걸린다면 몹시 안타까운 일이다. 교육은 견고한 틀에 아이들을 가두는 것이 아니라, 아이들의 여린 팔로 밀기만 해도 문이 열리는, 그 열린 문을 닫는 것도 스스로 책임지게 하는 주체적인 발언의 공간이 되어야 한다. 쉽게 열리는 문을 곳곳에 배치하고, 스스로 열고 닫는 존재를 만드는 교육만이 아이들을 자유롭게 해줄 수 있다.

다름은 '틀림'이 아니다

비경쟁 독서토론의 핵심은 서로 다른 의견을 '차이'로 인정하는 데 있다. 한 권의 책을 읽고 토론해보면 책을 읽고 느낀 점이 사람마다 다르다. 비경쟁 독서토론에서는 옳은 답을 찾거나 이기는 것이 중요하지 않다. 자기의 생각을 자유롭게 말하면 된다. 서로의 생각을 '그렇게도 보는구나'라고 받아들인다.

책통아에는 독서토론이 끝나고 소감을 나누는 시간이 있다. 많은 아이들이 친구들의 다양한 생각들을 듣게 되어 좋았다거나 흥미로웠다고 말한다. 자신의 관점으로만 보던 것을 다른 시각으로 보면, 미처 생각지 못했던 것들을 보게 되고 수용함으로써 생각이 확장된다.

비경쟁 독서토론은 소통에 대한 방법론이다. 처음 토론을 하는 아이들은 친구의 이견을 비웃고 놀리기도 한다. 자기 의견이 있어도 비판받을까 두려워 눈치만 보는 아이들도 많다. 자기 의견을 당당히 말하고 친구들의 이견을 받아들이기 위해서는 훈련이 필요하다.

책통아의 비경쟁 독서토론은 책을 어떻게 읽고, 토론의 말하기는 어떻게 해야 되는지를 훈련하며, 쓰기를 통해 생각 정리를 마무리하게 돕는다. 책을 읽고 나누는 시간들을 통해 나는 어떤 생각을 하는 사람인지 파악하게 된다. 그리고 상대의 말을 잘 듣고 공감하는 능력이 키워진다. 한 책을 읽고 둘러앉은 아이들은 어떻게 소통해야 하는지를 스스로 느끼고 배운다.

"오늘 토론할 책의 별점은 몇 점인가요? 각자 주고 싶은 별의 개수만큼 색칠해보세요."

별점에 대한 아이들의 마음은 흔들리는 갈대다. 친구들의 의견을 듣고 자신의 별점을 슬쩍 바꾸는 아이도 있다. 별점은 불변의 것이 아니다. 5점 만점의 고공 행진 속에서도 자신만의 소신으로 1점을 준 친구도 있다. 그럴 땐 귀를 더 크게 열고 들어주어야 한다. 낮은 점수를 주었지만 설명하기 힘들어하는 아이도 있다. 그럴수록 다른 관점으로 책을 읽는 친구도 있다는 것을 알려준다. 소수의 의견은 존중되어야 하고 그것이 묻히지 않도록 교사의 배려가 필요하다. - 입문반 교사 후기

독서토론은 놀이와 치유의 장이다

비경쟁 독서토론은 '재미'와 '의미'를 추구한다. 누군가 자기 이야기를 귀담아 들어주고 표현해줄 때, 책을 읽고 나누는 시간은 신나는 시간이 된다. 그것은 의무적으로 정답을 말해야 하는 시간이 아니라 마음을 나누는 놀이 시간이다.

독서토론은 많은 수다들이 하나의 담론으로 되어가는 자리이다. 서로의 생각들을 모으다 보면 해결해야 하는 문제의 답을 찾게 된다. 개인의 문제뿐 아니라 사회와 세계의 문제들을 이야기하는 과정은 자연스럽게 공동체 지향적이고 민주적인 시민으로 성장할 수 있도록 돕는다.

아파트 중심의 도시에서 아이들이 함께 어울려 놀 장소는 점차 사라지고 있다. 좁은 학교 운동장은 축구하는 아이들이 차지한

다. 방과 후에는 학원에 가야 친구를 만날 수 있다. 놀이문화와 이웃 공동체를 상실한 아이들은 소통의 문화에서 배제되어 자라기 쉽다. 자신의 생각을 키우고 표현하며 상대방의 다른 입장을 듣고 공감하는 토론은 올바른 소통을 통한 치유의 장이 되어야 한다.

"제가 왕따를 당해봐서 이런 심정이 어떤 건지 잘 알아요. 그 주인공이 억울한 일을 당하는 장면은 마치 그곳에 있는 것처럼 생생했어요." 토론할 때 승표가 했던 말이다.

『조커와 나』는 학교 폭력, 가정 폭력, 장애인 차별, 용산 참사 등 '폭력'이라는 키워드로 다섯 편의 단편을 실은 청소년 소설집이다. 초등학생에게 어렵지 않을까 걱정했는데, 아이들은 높은 평가를 내려주었다. 그중 자신의 경험을 솔직히 털어놓은 승표의 이야기가 기억에 남는다. 승표는 수업할 때마다 잔뜩 부아가 난 얼굴로 들어오곤 했다. 말투와 행동이 거칠어 친구들의 원성을 샀다. 그런 승표가 아무렇지도 않게 왕따 경험을 털어놓은 것은 예상 밖이었다.

승표에게 해줄 수 있는 말은 그다지 많지 않다. 하지만 어디에서도 말하지 못한 속내를 털어놓고 자기감정을 들여다보는 것만으로도 좋은 시간이지 않을까. 우리가 해줄 수 있는 건 승표의 고백을 잘 들어주고 공감해주는 것일 터다. -기본반 교사 후기

아이들이 책 속의 인물에 대해 이야기하다가 자신의 상황과 겹

쳐지면 분노하거나 눈물을 흘리는 경우도 있다. 주인공의 입장에서 이야기하지만 결국은 자기 이야기다. 친구들의 생각과 대안을 들으면서 자기 문제를 해결하게 되어 얼굴이 환해지는 일도 많다. 책을 읽고 함께 나누는 과정은 자기 이해와 생각이 확장되는 시간이다.

독서토론에서 가장 중요한 세 가지 태도

비경쟁 독서토론의 3요소는 진행자, 토론자, 논제다. 셋이 자연스럽게, 유연하게 어울리고 서로에게 스며들 때 성장하는 독서토론이 완성된다. 먼저 진행자는 토론자의 생각을 듣고, 존중하고, 역할과 시간을 적절히 분배하는 자리다. 자신의 의견을 말하지 않고 다른 발언을 손쉽게 평가하지 않는 태도가 중요하다. 토론자는 자유롭게 생각을 표현하고, 다른 관점을 존중하며 듣는 연습을 하는 위치다. 논제는 토론자와 진행자가 책을 중심으로 보다 깊고, 다양한 생각을 펼치도록 돕는 열쇠이자 지도다. 쉽게 말하자면 '이야깃거리' '물음표'라 할 수 있다. 세 요소만큼 중요한 부분이 있다면 질문하기, 경청하기, 공감하기라 할 수 있다.

질문하기

질문을 좋아하는 학생들의 공통점을 떠올려보자. 그들은 어떤 의견을 들었을 때 그대로 수용하지 않는다. "정말 그럴까?" "이렇게 생각할 수도 있지 않을까?" "내 생각은 다른데?" 하는 물음을 던진다. 자기 생각, 호기심이 풍성한 경우다. 어느 정도의 외향성도 가지고 있다. 집중력과 자신감도 필요하다. 다른 시선을 의식하거나, 주목받기가 두렵거나, 틀린 질문일까 망설여진다면 궁금증이 생겨도 질문하기 어렵다.

질문에 대한 최고의 반응은 정답이 아니라 공감이다. 학생이 질문을 하고도 잘했는지, 좋은 물음인지 걱정할 때 진행자가 "좋은 질문이네요" "생각해볼 질문인데요?" "이런 질문도 좋아요"와 같은 1차 공감을 해준다면 긴장감이 줄어든다. 따라서 진행자는 토론자가 던진 질문에 공감하는 습관을 길러야 한다. 바로 정답을 알려주려 하기보다 공감하고, 경청하려는 태도를 먼저 보여줘야 한다. 그런 다음에야 자신의 의견을 밝힌다. "다른 시각도 있을 수 있으니 각자 생각해볼까요?"라는 한마디는 토론자들을 정답 강박증에서 벗어나게 할 수 있다. 공감 없는 정답 주기 교육만 한다면, 교사가 원하는 답이 무엇인지 맞추려는 눈치 보기에 길들여지기 쉽다.

비경쟁 독서토론에서 좋은 질문을 하려면 '물음표 밑줄'을 활용하면 된다. 물음표 밑줄이란 말 그대로 책을 읽으며 물음이 떠오르는 부분에 밑줄을 긋는 행위다. 토론자는 책을 읽다 궁금했던 점, 다른 이들의 생각이 궁금해졌던 부분, 이해가 안 가는 지점에 물음표 밑줄을 긋는다. 직접 펜으로 그어도 되고, 인덱스나 책갈피로 표시하거나, 옮겨 적어둔다. 이런 밑줄들을 모으면 바로 좋은 질문이 된다. 토론 현장에서 "저는 이 부분이 좀 궁금했는데요" "다른 분들은 어떻게 보세요?" "저처럼 읽은 분도 있는지요?" 라며 자연스럽게 자신의 물음표를 꺼내면 된다.

여기서 진행자의 역할은 논제가 될 만한 물음표 밑줄을 쌓는 것이다. 토론자들이 함께 이야기를 나누면 좋을 부분, 다양한 생각이 나올 만한 지점이 있는 물음표 밑줄을 모은다. 좋은 질문인지, 잘 묻고 있는지 검열하지 말고 모든 물음표를 소중히 여기고 한 바구니에 담았다가 다양한 질문으로 만들어본다. 자신도 궁금하고, 토론자들도 관심 가질 만한 부분에 물음표를 붙이고 정리하면 쉽게 논제가 만들어진다.

경청하기

학생들에게 토론 수업을 할 때 "말하기만큼 듣기가 중요해요"란 이야기를 종종 한다. 흔히 아이들은 토론을 말하기나, 싸움으로 생각하기 때문에 듣기의 중요성을 놓치는 경우가 많다. 비록 자주, 잘, 당당히 말하지 못한 학생이라도 열심히 들었다면 좋은 토론자라 할 수 있음을 교사가 알려줘야 한다. 그날의 베스트 토론자로 발표를 잘한 아이와 잘 들은 아이를 균등하게 뽑아보는 것도 한 방식일 수 있다.

경청의 범위는 폭넓다. 그냥 잘 듣는 것만이 경청이 아니다. 경청의 첫 단추는 다른 이들의 입장에 공감해보는 것이다. "아, 그렇군요" "당신 입장이라면 그럴 수 있어요" "나도 비슷한 경험이 있어요"라고 말함으로써 깊은 대화가 시작되기도 한다. 상대의 생각을 쉽게 평가하고, 가르치려는 마음이 생긴다면 경청의 엔진을 가동시켜야 한다. '지금은 그냥 공감해야 해'라고 자신을 다독여보자.

누구든 자기 이야기를 들어줄 사람이 필요하다. 독서토론이 좋은 이유 중 하나는 서로의 개인사를 잘 모르는 이로부터 얻는 위로가 더 큰 위로가 되기도 한다는 점이다. 오히려 나를 잘 안다는 이유로 듣는 척만 하면서 비난하거나 가르치려 드는 사람이 있다. 하지만 독서토론에서 중심은 '책'이기 때문에 그 책을 어떻게 읽었는지 표현하면서 자연스럽게 서로의 깊은 이야기에 이르기도 한다. 또 과한 하소연이나 사담으로 흐르는 것을 경계하게 된다.

잘 들은 토론과, 듣지 못한 토론에는 큰 차이가 있다. 후자라면 남는 것도, 기록할 내용도 없다. 그저 내가 한 말만 희미하게 남을 뿐이다. 몰입하고 공감한 경청의 토론은 확연히 다르다. 받아 적은 말도, 내가 한 이야기도 또렷하게 기억난다. 많은 부분을 잊어도 핵심적인 토론은 선명하다. 저절로 후기나 단상도 쓰게 된다. 이처럼 토론의 만족감은 말하기에서 비롯되기도 하지만, 경청에서 얻기도 한다. '오늘은 잘 말한 날인가, 잘 들은 날인가?' 토론 후 자신에게 물어봐도 좋다.

경청은 진행자에게 특히 요구되는 자질이다. 좋은 진행자가 되려면 자신의 말이나, 토론을 녹음해서 다시 듣는 연습을 해보자. 그렇게 하면 현장에서는 놓쳤던 중요한 발언을 다시 정리해볼 수 있다. 다른 사람의 말을 끊거나 잊거나 놓친 부분을 돌아볼 수도 있다. 경청하는 진행자의 토론 모임은 회원이 줄지 않고, 오래 지속된다. 다시 기억하자. 사람은 누구나 자신의 말을 잘 들어주는 사람을 찾아다닌다. '나는 잘 듣는 사람인가, 아닌가?' 진행자라면 이 질문에 스스로 묻고 답해보자.

공감하기

공감은 비경쟁 독서토론 참여자 모두가 기억하고 실천할 자질이다. 선천적으로 공감에 능한 사람도 있지만, 과하게 공감하려다 보면 상투적이거나 과잉된 느낌을 주기도 한다. 마음에 닿는 공감이란 쉽게 이루어지지 않는다. 스스로 공감력이 부족하다 싶으면 훈련을 해보는 것도 방법이다.

첫째, 주변에서 공감 잘 하는 사람을 찾아본다. 그의 평소 대화를 주의 깊게 관찰한다. 본받을 점이 있으면 메모하거나 (양해를 구하고) 영상을 찍어도 좋다. 나는 같은 상황이라면 어떻게 공감했을까 생각해보고 차이점도 정리한다.

둘째, 미디어를 활용한다. 방송이나 강연 프로그램에는 늘 사회자, 강사, 진행자가 있다. 그들을 통해 다양한 공감의 형태를 찾아볼 수 있다. 그중에서 가장 공감력이 뛰어나다고 생각되는 인물을 찾아 분석해보면 도움이 된다. 내가 부족한 부분을 보완하려면 어떤 노력을 해야 할지 생각해본다.

셋째, 자신의 공감력에 대한 피드백을 받아본다. 가까운 지인에게 부탁해, 여러 이야기를 듣고 공감과 격려를 해보는 것이다. 자칫 공감은 타고난 것이라고 여겨, 절망하기도 한다. 마음속으로는 공감하면서도 드러내지 못해 상대에게 서운함을 주거나 오해를 사는 경우도 있다. 관계의 8할은 공감이란 사실을 알면서도 막상 또 비슷한 상황이 되면 잘 공감하지 못하는 실수를 반복한다.

비경쟁 독서토론의 선택논제 질문처럼 "공감하시나요?" "공감해요" "공감하기 어려워요"라는 태도로 접근해보자. 옳고 그름이 아니라 '공감한다'와 '공감하기 어렵다'처럼 자신의 생각에 보다 가까운 쪽으로 의견을 드러내는 것은 실생활에서도 큰 도움이 된다. 공감은 멀리 있지 않다. 책을 읽는 것 또한 저자의 생각에 공감하는 연습이며, 독서토론 역시 다른 생각에 공감하는 시간이다. 독서와 토론은 공감 훈련의 좋은 시작이며, 지속해야 할 연습이다.

2장

비경쟁 독서토론, 어떻게 준비할까?

_박은미

OCEAN
PREMIUM

토론을 잘하기 위한 독서법

독서토론에 참여하기 위해서는 반드시 토론 도서를 읽고 와야 한다. 그림책의 경우 토론 시작 전에 현장에서 함께 읽을 수 있지만 다른 책의 경우에는 책 브리핑을 듣는다고 해도 내용을 파악하기 어렵다. 토론 논제가 준비되어 있다하더라도 깊이 있는 토론을 위해서는 완독을 해야 한다.

하지만 책을 완독했다고 혹은 두 번 이상 읽었다고 해서 토론을 잘하는 것은 아니다. 책을 몇 번 읽었느냐보다는 얼마나 잘 읽었느냐가 토론의 성패를 좌우한다. 많이 읽기보다 제대로 읽는 것이 더 중요하다. 그렇다면 책을 잘 읽기 위해서는 어떻게 해야 할까?

세상에는 무리해서 끝까지 책을 읽고도 내용을 설명하지 못하는 사람이 많다. 출력을 전제로 입력하지 않았기 때문이다. 출력을 하려면 입력과 동시에 가공을 해야 한다. - 사이토 다카시, 『1분 감각』 중에서

국어의 4가지 영역인 말하기, 듣기, 읽기, 쓰기 중 읽기와 듣기가 입력이라고 한다면, 말하기와 쓰기는 출력이다. 이를 독서토론에 대입해보면, '독서'는 입력 과정이고 '토론'은 출력 과정이라 할 수 있다. 독서토론을 잘하기 위해서는 출력을 전제로 한 독서를 해야 한다. 이런 출력 독서는 독서토론뿐만 아니라 독후감이나 서평과 같은 글쓰기에도 도움이 된다. 책을 읽는 단계부터 독서토론에서의 말하기를 염두에 두고 읽는 것이 필요하다.

인상 깊은 부분을 표시하며 읽기

"재미있게 읽긴 했는데 내용이 잘 기억이 안 나요."

"다 지루했어요. 그냥 재미없었어요."

책 한 권을 다 읽고도 막상 읽은 소감을 물어보면 이렇게 대답하는 아이들이 있다. 특별히 재미있거나 지루했던 부분에 대해 물어봐도 책만 뒤적거리고 어느 부분인지 찾기 힘들어한다. 책을 한참 전에 읽어서 기억이 잘 안 나는 경우도 있지만, 전체적인 줄거리만

파악하며 급하게 읽은 경우도 많다. 책을 읽으면서 인상 깊은 부분을 표시하고 메모하는 습관을 기르면, 읽은 지 오래되었어도 다시 찾아보며 기억하기 쉽고 독서 토론할 때도 도움이 된다.

'인상 깊다'라는 말은 보통 '마음속에 뚜렷하게 남거나 잊혀지지 않다' 정도의 뜻으로 쓰인다. 독서에서는 그 기준을 아래 네 가지로 세분화해서 생각해볼 수 있다.

① 재미있게, 감동적으로, 공감하며 읽은 부분
② 이해가 잘 되지 않았던 혹은 불편하게 다가왔던 부분
③ 작가가 독자들에게 전하고 싶은, 주제가 드러나는 부분
④ 친구들과 토론해보고 싶은 부분

①과 ②의 주체는 '나'이다. 내가 재미있게 읽었거나 내가 불편하게 읽은 부분을 표시하는 것이다. 책을 읽고 느낀 주관적인 감상에 해당된다. ①이 많을수록 책에 대한 호감도가 높고, ②가 많을수록 책에 대한 호감도가 낮다. 내가 느낀 것부터 표현해보는 연습을 해보는 것이 좋다.

실제 독서토론에서 책이 지루하다는 아이들 중에 "이 책은 제 취향이 아니라서 별로예요."라고 소감을 말하는 것을 종종 듣는다. 물론 아이들도 좋아하는 분야가 있고 호불호를 가질 수 있다. 취향은 존중되어야 한다. 하지만 선입견을 가지고 책을 읽을 경

우, 책을 편식하게 된다. 이런 경우, 내 취향은 아니지만 이 책의 장점이 무엇인지 객관적으로 보려는 노력이 필요하다. 작가가 책을 쓴 이유와 독자에게 전하고 싶은 메시지가 무엇인지에 대해 생각해보게 하는 일은 책을 객관적인 시선으로 바라보도록 돕는다. 마지막으로 앞에서 정리했던 세 가지 인상 깊은 부분들 중에서 친구들과 토론해보고 싶은 부분까지 정리해본다면 수동적인 독서에서 능동적인 독서로 한발 더 나아갈 수 있다.

인상 깊은 부분을 표시한 후에는 그 이유까지 생각해보는 습관을 들이면 좋다. 오른 쪽에 있는 표를 참고해 감상을 정리해보자. 네 가지 항목이 서로 겹칠 수도 있고 다를 수도 있다. 이것을 비교해보는 것도 좋은 공부가 된다.

별점 주며 읽기

책을 읽고 별점을 주는 일이 쉽지만은 않다. 아이들은 명확한 질문이 주어진 다른 논제보다 별점과 소감을 얘기하는 것이 더 어렵다고 토로하기도 한다. 별점을 매기려면 어떤 기준을 세워야 하고, 그에 비추어 평가를 해야 하는데 그 기준을 세우는 것이 어렵기 때문이다. 학년이 낮을수록 자신이 준 별점에 대한 소감을 얘기하라고 하면 "재미있어서 5점", "지루해서 2점" 정도의 단순한 대답이 많다. 그러한 점수를 준 이유에 대해 구체적으로 물어보지

책을 읽고 인상 깊은 부분을 적어보자!

재미있게, 감동적으로, 공감하며 읽은 부분
이해가 잘 되지 않았던 혹은 불편하게 다가왔던 부분
작가가 독자들에게 전하고 싶은, 주제가 드러나는 부분
친구들과 토론해보고 싶은 부분

만 "잘 모르겠어요", "그냥이요"라는 답변이 되풀이된다. 그럴 때는 자신의 생각이나 느낌을 잘 표현할 수 있도록 61쪽의 표처럼 세분화된 기준을 제시해주면 구체적인 소감을 말하는 데 도움이 된다.

이렇게 세부기준별로 별점을 따로 주다보면 책을 좀 더 꼼꼼하게, 객관적으로 바라보게 된다. 내가 책의 별점을 매길 때 어떤 항목을 중요하게 생각하는지, 우선순위를 어디에 두는지 알 수 있다. 그렇다고 최종 별점을 이 항목들의 평균값으로 매길 필요는 없다. 세부 항목 중에 단 한 항목만 점수가 높더라도 그것이 자신이 생각하는 이 책의 아쉬운 점을 넘을 수 있다면, 최종 별점을 높게 주면 된다. 선정한 책의 분야에 따라, 토론 대상에 따라 위의 항목 중 일부 항목은 제외하거나 자신만의 세부 항목을 추가해도 좋다.

아이들과 함께 세부항목 별점을 매겨보면 학년이 낮을수록 어려워한다. 그럴 때는 좀 더 친숙한 일상적인 소재로 별점 주기를 연습해보자. 예를 들면 맛집 별점 주기가 있다. 각자가 가본 음식점 한 군데를 정하고, 별점을 주는 것이다. 책의 세부 기준처럼 맛, 가격, 위생 상태, 분위기, 주차 가능 여부, 친절도 등 세부 항목에 대한 별점을 준 후에 전체 별점을 주면 좋은 연습이 된다. 모두 맛집 프로그램의 심사 위원이 된 것처럼 우쭐해하면서 재미있어 한다. 영화, TV 프로그램, 공연, 체험 프로그램 등의 별점 주기도 좋다.

전체 흐름을 파악하며 읽기

독서토론을 하다보면, 세부적인 내용들은 잘 기억하지만 핵심을 짚어내기 어려워하는 아이들이 많다. 독후감으로 따지면 줄거리를 요약하는 능력인데 아래 두 가지로 전체 흐름을 파악하며 읽어보자.

별점 주기!

세부 기준	상세 내용	점수
스토리	줄거리가 재미있고 흥미로운가? 결말이 마음에 드는가?	
인물	등장인물이 매력적인가? 등장인물의 행동이나 심리 변화가 공감이 되는가?	
작가	(작가의 전작을 읽었다면) 이전 작품에 비해 만족스러운가?	
주제(메시지)	작가가 전하려는 메시지가 명확한가? 주제가 잘 드러났는가?	
가독성	흡인력 있게 읽히는가? 쉽게 술술 읽히는가?	
그림	인상 깊은 그림이 있는가? 책의 삽화들이 글의 내용을 잘 표현했는가?	
제목/표지	제목이 흥미를 끌고 매력적인가? 표지가 책의 내용과 잘 연관되어 있는가?	
추천 여부	다른 사람에게 추천해주고 싶은 책인가?	
최종 별점	☆☆☆☆☆	

문학(스토리 중심의 동화, 소설)

육하원칙(누가, 언제, 어디서, 무엇을, 어떻게, 왜)에 맞춰 줄거리를 정리하거나 소설 구성의 3요소인 인물, 배경, 사건으로 이야기를 정리해보면 도움이 된다. 초보자에게는 두 번째 방법을 추천하고 싶다. 이야기의 배경은 무엇인지 시간적 배경과 공간적 배경으로 나눠 먼저 생각해본다. 그 다음 이야기를 이끌어가는 주인공은 누구인지 등장인물들을 주연과 조연으로 나누어 생각해본다. 마지막으로 가장 중요한 것이 사건이다. 사건은 발단-전개-절정-결말로 정리할 수도 있지만, 문제와 해결로 간단하게 정리하면 쉽다. 어떤 사건이 왜 일어났는지, 마지막으로 어떻게 해결되었는지에 대해 메모한다면 책의 전체적인 핵심을 놓치지 않고 흐름을 따라갈 수 있다.

비문학

비문학 도서의 경우, 책의 서문과 차례를 꼼꼼하게 읽어볼 필요가 있다. 저자들은 보통 책의 서문에서 책의 집필 동기와 이유에 대해 먼저 밝히고, 앞으로 어떻게 자신의 생각과 주장을 펼쳐나갈지 요약해서 보여준다. 먼저 서문을 읽고, 차례를 통해 이 책의 구성을 전체적으로 파악한 후에 책을 읽어나간다면, 핵심을 놓치지 않고 완독해나갈 수 있다. 만약 책을 읽는 도중에 길을 잃는다 해도, 중간에 다시 서문과 차례로 돌아와 읽으면 된다.

질문을 던지면서 읽기

질문을 던지면서 읽기는 앞에서 말한 인상 깊은 부분을 표시하며 읽기와 병행할 수 있다. 재미있고 흥미롭게 읽은 부분 혹은 이해가 되지 않거나 불편했던 부분에서 '주인공은 왜 그렇게 행동했을까? 나라면 어떻게 했을까?'라는 질문으로 확장해보면 좋다. 이런 질문을 통해서 주인공의 심리, 행동, 태도에 대해 더 깊이 이해할 수 있다.

또 작가의 의도나 주제가 드러나는 부분에 대해서도 질문해보자. 보통 결말 부분에서 드러나는 경우가 많은데, 결말이 만족스럽지 않다면 나라면 어떤 결말로 마무리할지 생각해볼 수 있다. 또 주인공 이외의 다른 인물들에 대해 생략된 이야기들도 많은데 그런 부분에 질문을 품어보는 것도 재밌다. 책을 읽을 때 전체적인 이야기를 파악하는 것도 중요하지만 아이들이 직접 찾은 소소한 질문들을 통해 행간을 채워나가는 재미도 잊지 말자.

토론을 위한 책 고르기

독서토론에서 도서 선정은 교사들이 가장 어려워하고, 또한 공을 들이는 부분이다. 책통아는 한 학기에 각 반별로 7권의 책을 가지고 토론을 한다. 1강은 전 학년이 토론 가능한 그림책으로 진행된다. 나머지 여섯 권의 책은 한 반을 담당하는 세 명의 교사가 추천한 12권의 도서 가운데, 회의를 통해 확정한다. 이처럼 여러 사람이 함께 도서를 선정하면, 좀 더 폭넓은 도서를 선택할 수 있고 책에 대한 객관성이 확보된다. 그렇다면 독서토론의 도서 선정은 어떤 기준으로 하면 좋을까?

2018 하반기 책통아 기초반(초3·4) 선정도서

회차	분야	도서명	키워드
1강	그림책	『균형』 (유준재 글·그림, 문학동네어린이, 2016)	도전, 협동, 배려
2강	동화	『안 읽어씨 가족과 책 요리점』 (김유 글·유경화 그림, 문학동네어린이, 2017)	책, 독서, 상상력
3강	인물 (예술)	『검은 비너스, 조세핀 베이커』 (패트리샤 흐루비 파월 글·크리스티안 로빈슨 그림, 서석영옮김, 산하, 2013)	열정, 차별, 평등
4강	동화 (과학/철학)	「마음도 복제가 되나요?」 (『마음도 복제가 되나요?』, 이병승 글· 윤태규 그림, 창비, 2018)	복제인간, 공감, 과학기술에 대한 태도
5강	동화 (환경)	『여우의 눈물』 (다지마 신지 글·박미정 그림, 계일 옮김, 계수나무, 2012)	인간의 탐욕, 공존
6강	사회	『우리 모두가 주인이에요!』 (문미영 글·김언희 그림, 크레용하우스, 2017)	선거, 권리, 민주주의
7강	고전	『홍당무』 (쥘 르나르 지음, 위혜정 옮김, 아이세움, 2006)	가족, 차별, 성장

토론이 잘 되는가?

어떤 책이 토론이 잘 되는 책인가? 어려운 질문이다.

세상에 좋은 책은 많다. 이때 좋다는 기준은 다양하다. 그 기준을 한마디로 정의내리긴 어렵다. 읽었을 때 감동을 주는 책이라 좋을 수도 있고, 지식을 주는 책, 재미를 주는 책, 교훈을 주는 책이라서 좋을 수도 있다. 하지만 앞에서 말한 좋은 책의 기준을 다 만족시킨다고 해도 꼭 토론이 잘 되는 책이라고 할 수는 없다.

토론이 잘 되는 책의 기준으로는 재미, 다양성, 유익성을 꼽을 수 있다.

일단 책은 재미가 있어야 한다. 재미가 없으면 아무리 내용이 좋아도 참여자들의 호응을 얻기가 어렵다. 학년이 낮을수록 재미에 가장 큰 비중을 두고 다양성과 유익성을 고려해서 책을 선정하면 좋다. 토론의 재미를 불러일으키기 위해서는 재미있는 논제와 진행자의 노하우도 필요하지만 우선 책이 재미있어야 한다. 그래야 토론에 열심히 참여할 마음이 들고, 다른 친구들이 어떤 이야기를 할지 궁금해지기 때문이다.

다음은 다양성이다. 다양한 생각을 끌어낼 수 있는 책을 선정해야 한다. 정답이 있는, 예상되는 모범 답안을 말해주는 책이 아니라 아이 스스로 질문하게 하고 자신만의 답을 찾아가도록 하는 책 말이다. 토론이라는 장을 통해 아이들이 자유롭게 안심하고 자기 생각을 펼치고 소통할 수 있는 책을 찾아야 한다.

마지막으로 유익성이다. 토론자들에게 맞는 좀 더 도움이 되는 책을 찾아야 한다. 책을 읽고 토론하는 과정을 통해 토론자 모두가 어떤 것이든 얻어가는 것이 있어야 한다. 예를 들어 아이들이 연령별로 가지고 있는 비슷한 고민이나 경험들을 나눌 수 있는 책이라면 아이들의 공감대를 얻을 수 있을 뿐 아니라 책과 토론을 통해 나눈 경험이 실제 생활에 도움을 줄 수 있을 것이다. 또 현재의 나의 삶과 동떨어진 이슈나 관심사의 책이라 하더라도 토론을 통해 간접 경험함으로써 몰랐던 세계에 대한 관심과 타인에 대한 공감 능력을 높일 수 있을 것이다.

이 세 가지 기준 중에서 어떤 것이 가장 중요한가라는 질문에 쉽게 답하기는 어렵다. 세 가지를 균형적으로 고려하되, 진행하는 토론 그룹에 따라 무엇을 우선순위로 둘지는 다르게 접근하면 좋다.

다양한 분야인가?

아이들이 혼자 책을 읽기 시작하면 좋아하는 분야가 생기게 마련이다. 그러다 보면 책을 편식하게 되기도 한다. 한 분야의 책을 깊이 파는 것도 좋지만 수준에 맞는 다양한 분야의 책을 골고루 접하게 하는 것이 중요하다. 책통아에서는 총 7강 중 1강은 그림책으로 전체 학년이 토론 가능한 책으로 선정하고, 나머지 6권은 한 분야에 치우지지 않고 다양한 분야의 책을 선정하려고 노력한다. 일회성의 독서토론이 아니라 여러 회차로 진행하는 독서토론에서는 다양한 분야의 책을 선정하는 것이 중요하다.

동화, 소설 등의 이야기책뿐만 아니라 철학, 역사, 사회, 인물, 과학, 환경 등의 다양한 분야의 책을 선정한다면 책을 편식하는 습관도 고칠 수 있고, 균형 잡힌 독서 습관을 기를 수 있다. 동화나 소설의 경우 한국 작가의 책과 외국 작가의 책을 골고루 배치하고, 초등학교 고학년 이상이라면 고전도 함께 토론하면 좋다.

유아와 초등 저학년의 경우에는 주로 그림책으로 선정하는데, 이 경우에는 다양한 주제의 그림책을 선정하면 된다. 예를 들어 두 권의 그림책을 선택해야 한다면, 한 권은 아이가 일상에서 경험할 수 있는 친숙한 소재의 책을, 다른 한 권은 상상력을 자극할 수 있는 책으로 선정하는 것도 좋다.

과학 분야의 책을 읽고 토론할 수 있느냐는 질문을 자주 받는데, 과학 관련 도서도 책 선정을 잘한다면 충분히 토론이 가능하다. 단순히 과학적 지식만을 설명한 책보다는 그러한 과학 기술에 대해 인문학적, 철학적 질문을 던져볼 수 있는 책이 좋다. 중학생이라면 『철학, 과학기술에 다시 말을 걸다』(이상헌 지음, 정재환 그림, 주니어김영사, 2016), 고등학생이라면 『로봇 시대, 인간의 일』(구본권 지음, 어크로스, 2015) 등의 책을 추천하고 싶다. 또 초등 중학년 이상 아이들이라면 『마음도 복제가 되나요?』(이병승 지음, 윤태규 그림, 창비, 2018)의 표제작 「마음도 복제가 되나요?」와 같은 짧은 동화를 통해서도 복제인간과 같은 과학기술에 대한 윤리적인 질문을 던져볼 수 있을 것이다.

토론 그룹에 맞는 수준의 책인가?

책통아에는 7세부터 고2까지 반이 있는데, 초1부터 중2까지는 두 학년씩 같은 반에서 함께 토론한다. 이렇게 여러 학년이 함께 토론할 경우, 아이별 편차도 있지만 학년 편차도 고려할 필요가 있다. 만약 초3·4학년이 함께 토론할 도서를 선정한다고 하면 누구의 수준에 맞춰야 할지 고민이다. 초3에 맞추면 초4에게 너무 쉬운 책이라 재미가 떨어질 수 있고, 초4의 수준에 맞출 경우 초3 아이들이 어려워할 수도 있다. 한 번만 토론을 하는 경우라면, 높은 학년의 수준에 맞는 책을 선정하기보다는 낮은 학년의 수준에 맞는 책을 선정하되, 논제를 뽑거나 진행을 할 때 높은 학년이 흥미를 잃지 않도록 배려해야 한다.

책통아처럼 여러 회차로 토론할 경우에는, 낮은 학년 수준의 책부터 높은 학년 수준의 책까지 서서히 난이도를 높여가면 좋다. 이렇게 서서히 난이도를 높여가면 아이들이 어려워하지 않고 따라갈 수 있다. 또 1학기인지, 2학기인지에 따라 도서 선정을 고려할 필요도 있다. 같은 학년이라 하더라도 1학기보다 2학기로 갈수록, 좀 더 도전적인 책으로 선정해서 아이들에게 성취감을 느끼게 해주는 것도 필요하다.

그럼 고른 책이 어떤 학년에 맞는 수준인가를 어떻게 판단할 수 있을까? 우선 인터넷 서점의 분류 기준을 참고하는 것이 좋다. 해당 책이 어떤 분야의 책인지, 몇 학년에게 적합한 책인지를 1차로 확인할 수 있다. 하지만 이 분류 기준을 과신해서는 안 된다. 분량이 많은 책이라 할지라도 아이들은 스토리가 재미있으면 좀 긴 책도 읽을 수 있고, 짧은 분량의 책이라도 책의 내용이 어렵다면 다소 힘들어할 수 있기 때문이다. 1차로 분류 기준을 확인하되, 책의 내용과 분량, 토론그룹의 수준을 고려해서 선택하자.

참신하고 새로운 책인가?

책의 소재, 주제, 형식이 참신한지 살펴본다. 출간된 지 얼마나 되었는지도 고려해야 한다. 고전을 제외한 베스트셀러나 스테디셀러의 경우, 검증된 책들이 많기 때문에 토론에서 실패할 확률은 적지만 이미 읽은 아이들도 있기 때문에 토론의 흥미가 반감될 수도 있다.

또 지나치게 교훈적인 책은 삼가는 게 좋다. 아이들은 어른들이 책을 통해서 어떤 생각을 강요한다는 느낌이 들 때 거부감을 느낀다. 또 저자와 다른 생각을 가졌을 때 죄책감을 느끼거나 불편함을 느낀다면 솔직하게 자기 생각을 얘기하기 어렵다. 권선징악 결말이 나쁜 것은 아니지만, 선악 구도가 너무 명확하거나 자명한 결말은 아이들의 자유로운 생각에 방해가 될 수 있다.

신간 도서의 경우, 매달 발간되는 잡지 〈학교도서관저널〉에서 추천하는 도서 목록을 참고해보면 좋다. 이 잡지에는 교사, 사서교사, 사서, 독서 및 도서관 전문가, 학부모 등으로 구성된 도서선정위원들이 선정한 도서가 학년별, 분야별로 세분화되어 있다. 이렇게 매달 추천된 책 목록을 주제별로 모은 『토론 그림책 365』,

『그림책 365』,『진로 365』, 『성과 사랑 365』 등의 단행본이나 매년 잡지에 실린 추천도서목록을 모아 출간한 단행본도 있으니 함께 살펴보면 책 선정에 도움을 받을 수 있을 것이다.

책이 어렵다면 영화 토론은 어떨까?

책도 보고, 영화도 보는 일석이조의 재미가 있는 책을 원작으로 한 영화 토론도 책에 대한 흥미를 높일 수 있는 좋은 방법이다. 책 읽기를 어려워하는 친구들이라면, 원작이 있는 영화를 먼저 보고 책을 읽게 하면 책만 읽는 경우보다 쉽게 다가갈 수 있다. 또 원작이 영화로 어떻게 다르게 해석될 수 있는지 비교해볼 수 있고, 책이 영화로 만들어질 때, 어떤 상상력이 발휘되는지 엿볼 수 있는 좋은 기회가 된다. 책과 영화를 두고 각각 별점을 매겨보면서 각각의 좋은 점과 아쉬운 점을 비교해보는 재미도 쏠쏠하다. 책을 원작으로 한 영화 목록은, 학교도서관저널에서 출간된 『책+영화 365』를 참고하면 좋다.

토론도서 선정 시에 유의해야 할 항목들을 살펴보았다. 이 항목들이 절대적인 답은 아니다. 만족하는 책을 바로 찾기는 힘들 수 있다. 우선 내가 진행할 토론 그룹이 어떤 아이들인지 먼저 살펴봐야 한다. 처음 토론을 접하는 아이들인지, 토론을 많이 해본 아이들인지 책을 좋아하는지 여부도 고려해서 이 항목들 중에서 어디에 우선순위를 두어야 할지 정한 다음에 그 순위에 맞게 고르는 것이 좋다.

좋은 책을 발견하기 위해서는 다양한 책을 많이 꾸준히 읽어야 한다. 어떤 책을 읽어야 할지 잘 모르겠다면 그림책의 경우, 칼데콧 상, 케이트 그린어웨이 상 목록을, 그 외 아동문학의 경우 뉴베리 상, 안데르센 상 목록을 먼저 참고해보자. 또 서울시 한 도서관한 책, 어린이도서연구회, 아침독서운동본부 등 여러 단체나 기관에서 매년 선정되는 목록도 놓치지 말자. 그리고 도서관이나 서점에 갈 때마다 신간 코너를 지나치지 말고 제목만이라도 한 번 훑어보는 습관도 가져야 한다. 이 목록들을 참고로 하되 꼭 직접 읽어보고 왜 선정이 되었는지를 생각해보고 기록해두면 나중에 도서 선정을 할 때 중요한 자료가 된다.

책을 보는 안목은 하루아침에 키워지지 않는다. 꾸준히 좋은 책을 찾아보고 직접 읽어보는 수밖에 없다. 수많은 책의 홍수 속에서 추천받은 좋은 책들부터 먼저 읽고 왜 좋은 책인지에 대한 스스로의 기준을 세워가다 보면, 책을 보는 안목과 함께 자신만의 기준도 생기면서 토론 도서 선정도 조금은 익숙해진다.

논제는 좋은 토론의 기본

논제는 '토론의 이야깃거리'를 말한다. 독서토론에서 논제는 책을 읽고 각자 생각을 나눌 거리, 질문 거리라고 할 수 있다. 비경쟁 독서토론의 3요소 중 하나로 꼽힐 만큼 논제는 무척 중요하다. 독서토론에서 왜 논제가 필요할까?

논제는 토론의 길잡이다. 독서토론에서 길을 잃지 않도록 도와주는 지도와 이정표, 혹시 길을 잃더라도 다시 돌아올 수 있는 나침반이 되어주는 것이 바로 논제다. 간혹 토론이 산으로 간다 해도 논제가 있다면 다시 책 속으로 끌고 들어와서 토론을 이어갈 수 있다. 또 정해진 토론 시간 안에 준비한 논제를 소화해야 하기 때문에 한 사람이 발언을 독차지하는 것을 막아주기도 한다. 책을 완독하지 못했더라도 토론이 가능한 논제까지 준비한다면 누구도 소외되지 않는 토론 분위기를 만들어갈 수 있다.

논제는 책 전체에서 놓치지 말아야 하는 중요한 질문이자 핵심이다. 좋은 질문은 다양한 의견을 끌어내준다. 또 질문하는 바가 명료한 논제는 토론을 풍성하게 해준다. 논제는 주로 토론을 이끄는 진행자가 준비를 하는데, 진행자는 논제를 통해 책의 핵심을 짚어내어 논제화할 수 있어야 한다.

논제의 종류에는 어떤 것이 있을까?

논제는 크게 두 가지로 나눌 수 있다. 자유논제와 선택논제다.

자유논제는 토론 참여자들이 자유롭게 다양한 생각과 의견을 얘기할 수 있는 장을 마련해주는 논제다. 주로 '어떻게 보셨나요?'로 묻는 질문으로, 정답에 대한 강박 없이 편안하게 자신의 생각을 나눌 수 있는 논제가 바로 자유논제다. 자유논제는 보통 5~6개로 구성되는데, 1번과 2번은 모든 책에 공통 적용되는 논제다. 책에 대한 별점과 소감을 나누는 논제가 1번, 각자 인상 깊은 발췌 나누기가 2번이다. 이 두 개를 뺀 나머지 3~4개의 질문을 자유논제로 구성하면 된다.

선택논제는 보통 2~3개로 구성하며, 자유논제와 달리 질문에 대한 선택지가 있다. 선택지는 보통 2개이고, 3개까지도 가능하다. 토론자는 주어진 선택지 중 하나를 꼭 선택해야만 한다. 일반적인 디베이트 토론의 경우, 주로 찬성과 반대 중에 하나를 미리 선택해서 토론한다. 하지만 비경쟁 독서토론에서는 '공감한다/공감하기 어렵다'와 같이 논제자가 제시한 두 가지 입장 중에 자신의 생각에 조금 더 가까운 의견을 선택한다. 열린 질문의 자유논제 토론보다 토론의 범위가 좁아지지만 두 가지 입장 중에 하나를 선택해야 하므로 디베이트가 주는 긴장감을 살릴 수 있다. 또 단순히 찬성과 반대의 이분법적인 선택이 아니기 때문에 토론자들이 선택할 때 마음의 부담을 줄일 수 있는 장점도 있다. 또한 선택지 2개 중에 하나를 택하고 자신의 입장을 정리하는 과정에서 논리적이고 비판적인 사고력을 키울 수 있다.

 좋은 논제란 무엇일까?

책의 주제와 연관성이 높은 논제

책의 주제는 저자가 표현하려는 매우 중요한 생각이다. 흔히 독서를 '저자와 독자의 끊임없는 대화'라고 한다. 혼자서 책을 읽는 것을 1차 대화, 여럿이 함께 토론하는 것을 2차 대화에 비유하면, 2차 대화에서는 책의 핵심에 가까운 논제를 통해 저자와 독자와의 거리를 좁히는 것이 가능하다. 즉 좋은 논제는 책의 주제와 연관성이 높은 논제로 독자가 책을 더 깊이 있게 이해할 수 있도록 이끄는 이정표가 된다.

다양한 의견을 이끌어낼 수 있는 논제

논제는 참여자들의 다양한 생각과 의견을 이끌어낼 수 있어야 한다. 토론에서 나올 수 있는 발언이 제한적이거나 충분히 예상되는 답변일 경우, 토론이 단조롭고 지루해질 수 있다. 또 진행하는 토론 그룹의 학년이나 성별, 특성에 따라 나올 수 있는 발언이 다르므로 각자 진행하는 그룹에서 활발한 토론이 가능한지, 토론자들이 부담을 느끼지 않고 편하게 얘기할 수 있는지도 점검할 필요가 있다. 마지막으로 다양한 의견을 이끌어낼 수 있다 하더라도 토론의 범위가 책과 많이 동떨어지지 않는지도 유의해야 한다.

토론자들의 관심과 흥미를 끌 수 있는 논제

논제는 토론자들의 관심과 흥미를 끌 수 있어야 한다. 특히 토론 초반 분위기가 어색하거나 입이 풀리지 않았을 때에는 토론이 활활 타오를 수 있도록 점화해주는 논제가 필요하다. 별점과 소감, 인상 깊은 부분에 대해 토론한 후에 가장 관심과 흥미를 끌 수 있는 논제를 배치해보자. 토론자들이 편하게 자신의 경험을 얘기할 수 있는 논제나 상상력을 발휘해서 자유롭게 얘기할 수 있는 논제로 분위기를 띄우는 것도 좋다. 토론이 자칫 책을 벗어날 가능성도 있지만 진행자가 잘 안내한다면, 책 속으로 더 깊이 들어가는 통로를 마련해줄 것이다.

간결하고 쉬운 논제문

논제의 문장은 간결하고 쉬워야 한다. 가독성이 좋아야 한다. 한 번 읽고도 논제에서 묻고자 하는 질문이 무엇인지 이해할 수 있어야 한다. 토론 그룹의 참여자들이 모두 이해할 수 있는 어휘로 구성되어 있는지, 질문이 모호하지 않고 명확한지, 부연 설명이 필요하지 않은지 검증해야 한다. 간결하고 쉽게 논제문을 쓰기 위해서는 한 문장에 하나의 생각을 담아야 하고, 주어와 술어가 호응이 맞아야 한다.

논제자의 주관적인 해석이 포함되지 않은 논제문

논제에는 논제자의 주관적인 해석이 직접적으로 드러나서는 안 된다. 논제는 논제자가 중요하다고 생각하는 것을 논제문으로 표현한 것이지만 책에 있는 내용을 자의적으로 해석하고 일반화시키는 것은 위험하다. 보는 관점에 따라 다르게 해석될 수 있기 때문에 이런 주관적인 해석이 논제문에 포함되면 토론자들이 불편할 수 있다. 본격적인 토론이 시작되기 전에 논제문을 가지고 난상토론이 벌어지거나 토론자들의 생각을 한쪽으로 몰고 갈 수도 있으므로 책의 문장을 직접 인용하거나 요약이 필요할 경우에는 객관적인 사실인지, 주관적인 해석인지 꼼꼼하게 따져봐야 한다.

구체적이고 질문을 잘 뒷받침해주는 발췌문

논제는 논제문과 제시되는 발췌문 간의 연관성이 높아야 한다. 발췌문은 질문을 잘 이해할 수 있도록 뒷받침해주는 대목이어야 한다. 논제문과 발췌문이 많이 중복되지 않도록 하는 것도 단조로움을 피할 수 있는 방법이다. 질문과 관련된 여러 발췌문을 많이 수집하고, 가장 중요하다고 생각하는 발췌문을 가져와야 한다. 이를 위해서는 책을 정독하고, 메모하는 습관이 필요하다.

교훈적이거나 상투적이지 않은 창의적 논제

좋은 논제의 조건 중에 첫 번째로 꼽은 것이 책의 주제와 연관성이 높은 논제였다. 하지만 논제를 통해 지나치게 교훈을 주려고 하거나 흔히 생각할 수 있는 상투적인 질문이 아닌지 살펴봐야 한다. 토론의 재미와 흥미를 위해서, 토론자들의 상상력을 자극하는 논제를 포함시키면 토론 분위기를 생기 있게 만들 수 있다. 또 책 속에서 많은 독자들이 놓치기 쉬운 부분을 짚어내 새로운 시각으로 문제제기를 하고, 창의적이고 기발한 발언이 나올 수 있는 논제까지 놓치지 않는다면 토론이 더욱 풍성해진다.

좋은 논제를 만들기 위한 독서법

독서토론 진행자라면 최소 책을 두 번 이상 읽어야 한다. 1차 독서는 순수한 독자로서, 2차 독서는 객관적인 관점에서 읽을 필요가 있다. 이 때 중요한 것은, 1차 독서와 2차 독서 사이의 시간적 거리 두기다. 둘 간의 시간 간격이 멀수록 좋은데, 이는 최대한 책을 낯설게 보기 위해서다. 처음 읽었을 때는 안 보이던 것들이 2차 독서에서 보이면서 쉽게 논제 지점들을 찾을 수 있다. 또 많은 진행자들이 논제를 내기 위해 책을 읽다 보니 책읽기의 즐거움보다 괴로움이 더 크다는 하소연을 하는데, 이런 딜레마를 줄이기 위해서라도 토론 책이 정해지고 나서 최대한 빨리 1차 독서를 하길 권장한다.

1차 독서를 할 때 주체는 '나'다. 내가 어느 부분에서 재미와 흥미를 느꼈는지, 어떤 점 때문에 지루하고 재미가 없었는지 순수한 독자 입장에서 주관적인 관점으로 읽는 것이다. 2차 독서는 저자는 누구이고, 집필 동기나 의도, 핵심적인 주제는 무엇인지를 고려하며 읽어야 한다. 또 독자들의 반응은 어떨지를 추측하며 읽어나가야 한다. 일반 독자들의 반응은 인터넷 서점의 독자 서평이나 개인 블로그의 서평을 통해 간접적으로 확인할 수 있다.

일반 독자들의 서평에서 놓칠 수 있는 부분은, 뉴스나 전문가 서평 그리고 작가 인터뷰 등을 통해 객관화된 자료를 확보함으로써 객관성을 높여야 한다. 2차 독서에서 책의 핵심 키워드를 발견

했을 때 이와 연관된 발췌를 표시하거나 메모하는 습관을 들이면 논제 내기가 좀 더 수월해진다. 이때는 1차 독서에서의 발췌와 구분해서 표시하는 것이 좋다.

논제는
어떻게 만들까?

앞장에서 좋은 논제의 기준에 대해 알아봤다. 이번에는 그 기준에 맞는 논제를 만들기 위한 구체적인 방법에 대해 살펴보겠다. 아이부터 어른까지 모두 토론할 수 있는 그림동화 『초등 고학년을 위한 행복한 청소부』(모니카 페트 글·안토니 보라틴스키 그림, 김경연·오수잔나 옮김, 풀빛, 2015)로 논제를 함께 만들어보자.

키워드 찾기

책의 주제와 연관성이 높은 핵심 키워드를 먼저 메모한다. 가치 키워드를 연상하는 연습이 필요하다. 여기서 말하는 가치 키워드란, 평면적이고 눈에 보이는 구체적인 소재나 사건의 나열 등이 아닌 좀 더 추상화되고 일반적인, 보이지 않는 개념이라 볼 수 있다. 처음에 가치 키워드 연상이 어렵다면 브레인스토밍 방식으로 생각나는 것을 검열 없이 다 나열한 후 가지치기를 하거나 그룹화해서 추상화하는 연습을 해도 좋다. 그렇게 찾은 키워드들은 우선순위에 따라 순서대로 나열한다. 그리고 나서 토론했을 때 다양한 의견이 나올 수 있는 주제인지, 흥미를 끌 수 있는 주제인지를 고려하여 최종 후보 키워드를 뽑는다. 그런 다음 앞서 책을 읽을 때 미리 표시해둔 발췌문과 키워드를 매칭하는 작업이 필요하다. 하나의 키워드에 연관된 발췌문이 여러 개라면 가장 핵심적인 것을 선택한다.

논제문의 일반적인 구성과 형식

논제는 일반적으로 논제문과 발췌문으로 구성된다. 이때 별점과 소감, 인상 깊은 부분 나누기 논제는 예외다. 논제는 전제문+질문으로 구성되며, 논제문의 길이는 4~6문장으로 구성하도록 한다. 전제문은 논제자의 주관적인 생각은 배제하고 객관적으로 기술해야 한다. 이를 위해 책 속 문장을 직접 인용하는데, 전체 논제문의 50% 내외로 구성하는 것이 좋다. 그리고 논제문을 뒷받침해 줄 수 있는 발췌문을 배치하는데, 논제문 길이의 2배를 넘지 않는

『초등 고학년을 위한 행복한 청소부』 키워드 추출

키워드 브레인스토밍	청소부, 직업, 자기발견, 좋아하는 일에 대한 몰입, 배우는 즐거움, 길거리 강연, 직업에 대한 귀천 의식, 고정관념, 진정한 행복
핵심 키워드	좋아하는 일에 대한 몰입 / 배우는 즐거움 직업에 대한 귀천 의식 / 고정관념 진정한 행복

키워드 : 좋아하는 일에 대한 몰입 / 배우는 즐거움
아저씨는 밤새 거실에 누워 음악을 들었어. 그러자 차츰차츰, 오래 전에 죽은 음악가들이 다시 살아나 가장 좋은 친구가 되는 느낌이 드는 거야. 그들의 음악을 들으며 속으로 묻고 대답하고, 마치 서로 이야기를 나누는 것 같았어. (p.14) 아저씨는 전에는 한 번도 들어보지 못한 말들을 자꾸만 만나게 되었어. 어떤 말은 무슨 뜻인지 이해되었지만, 어떤 말은 이해되지 않았어. 그래서 무슨 뜻인지 알게 될 때까지 되풀이해서 읽었어. 저녁이면 저녁마다 아저씨는 책 속의 이야기들에 잠겨 있었어. (p.16)

키워드 : 직업에 대한 귀천 의식 / 고정관념
지나가던 사람들이 그것을 듣고는 걸음을 멈추었어. 파란색 사다리를 올려다보고는 깜짝 놀랐지. 그런 표지판 청소부는 한 번도 만난 적이 없었거든. 대부분의 어른들은 표지판 청소하는 사람 따로 있고, 시와 음악을 아는 사람 따로 있다고 생각하잖니. 청소부가 시와 음악을 알 거라고는 상상도 못 하지. 그런데 그렇지 않은 아저씨를 보자 그들의 고정관념이 와르르 무너진 거야. 그들의 고정관념은 수채통으로 들어가, 타버린 종잇조각처럼 산산이 부서졌어. (p.20)

키워드 : 진정한 행복
네 군데 대학에서 강연을 해 달라는 부탁이 왔어. 그렇게 하면 아저씨는 훨씬 유명해질 수 있을 거야. 하지만 아저씨는 거절하기로 결심하고 답장을 썼지. "나는 하루 종일 표지판을 닦는 청소부입니다. 강연을 하는 건 오로지 내 자신의 즐거움을 위해서랍니다. 나는 교수가 되고 싶지 않습니다. 지금 내가 하는 일을 계속하고 싶습니다." 그리고 아저씨는 지금까지 그랬듯이, 표지판 청소부로 머물렀단다. (p.28)

일반적인 논제문의 질문 형식

자유 토론 논제문	선택 토론 논제문	
· 어떻게 보셨나요? · 어떻게 다가왔나요? · 어떻게 읽으셨나요? · 어떻게 생각하시나요? · ~와 같은 경험이 있으신가요? · ~라면 어떻게 했을까요?	여러분은/여러분이 **[문학]** · 인물의 이런 태도를(에) · 인물의 이런 모습을(에) · 인물의 이런 말을(에) · 인물의 이런 행동을(에) **[비문학]** · 저자의 이런 주장을(에) · 저자의 이런 생각을(에) · 저자의 이런 입장을(에) **[기타]** · 아래 둘 중 · 여러분이 ~라면	· 공감하시나요? - 공감한다. - 공감하기 어렵다. · 누구에게 더 공감하시나요? · 무엇이 더 중요하다고 보시나요? - 1번 선택지 - 2번 선택지 · ~와 같이 했을까요? - 그렇다. - 아니다.

것이 좋다. 그리고 논제문 안의 발췌와 별도 발췌문에는 책의 페이지 번호를 꼭 표기해야 한다. 페이지 표시가 없는 그림책의 경우는 예외다. 이는 신뢰감을 높이고, 책을 읽지 않은 토론자들을 배려하기 위함이다. 다음은 『초등 고학년을 위한 행복한 청소부』의 자유논제 예시다.

어느 날 청소부 아저씨는 자신이 몇 년간 닦아온 표지판에 적힌 음악가와 작가에 대해 아는 것이 없다는 것을 우연히 알게 됩니다. 그 후 아저씨는 종이에 음악가와 작가의 이름을 쓰며 알아가기 시작하는데요.

아저씨는 "일을 하면서 머릿속에 간직한 가락을 나지막이 휘파람으로 불었"(p.14)고, 도서관에서 작가들에 관한 책을 빌려 읽었습니다. 이해되지 않으면 "무슨 뜻인지 알게 될 때까지 되풀이해서 읽"(p.16)었다고 합니다. 아저씨는 "작가들과도 음악가들과 같이 친구 사이가 되었"(p.18)다고 하는데요. 여러분도 청소부 아저씨처럼 자기가 좋아하는 것에 빠져든 경험이 있나요?

> 아저씨는 밤새 거실에 누워 음악을 들었어. 그러자 차츰차츰, 오래 전에 죽은 음악가들이 다시 살아나 가장 좋은 친구가 되는 느낌이 드는 거야. 그들의 음악을 들으며 속으로 묻고 대답하고, 마치 서로 이야기를 나누는 것 같았어.
>
> 아저씨는 일을 하면서 머릿속에 간직한 가락을 나지막이 휘파람으로 불었어. 모차르트의 〈소야곡〉, 베토벤의 〈달빛 소나타〉. 심지어는 오페라 곡까지 외워서 불었단다. 쉬운 일은 아니었어. 휘파람으로 낼 수 있는 건 언제나 한 가지 소리밖에 없고, 다른 소리들을 상상을 해야 했으니까. (p.14)

위의 논제는 논제문과 발췌문으로 이루어져 있다. 논제문은 또다시 전제문과 질문으로 구성되는데, 정리하면 다음과 같다.

전제문

어느 날 청소부 아저씨는 자신이 몇 년간 닦아온 표지판에 적힌 음악가와 작가에 대해 아는 것이 없다는 것을 우연히 알게 됩니다. 그 후 아저씨는 종이에 음악가와 작가의 이름을 쓰며 알아가기 시작하는데요.

아저씨는 "일을 하면서 머릿속에 간직한 가락을 나지막이 휘파람으로 불었"(p.14)고, 도서관에서 작가들에 관한 책을 빌려 읽었습니다. 이해되지 않으면 "무슨 뜻인지 알게 될 때까지 되풀이해서 읽"(p.16)었다고 합니다. 아저씨는 "작가들과도 음악가들과 같이 친구 사이가 되었"(p.18)다고 하는데요.

질문

여러분도 청소부 아저씨처럼 자기가 좋아하는 것에 빠져든 경험이 있나요?

발췌문

아저씨는 밤새 거실에 누워 음악을 들었어. 그러자 차츰차츰, 오래전에 죽은 음악가들이 다시 살아나 가장 좋은 친구가 되는 느낌이 드는 거야. 그들의 음악을 들으며 속으로 묻고 대답하고, 마치 서로 이야기를 나누는 것 같았어.

아저씨는 일을 하면서 머릿속에 간직한 가락을 나지막이 휘파람으로 불었어. 모차르트의 〈소야곡〉, 베토벤의 〈달빛 소나타〉. 심지어는 오페라 곡까지 외워서 불었단다. 쉬운 일은 아니었어. 휘파람으로 낼 수 있는 건 언제나 한 가지 소리밖에 없고, 다른 소리들을 상상을 해야 했으니까. (p.14)

전제문은 말 그대로 질문의 전제가 되는 문장으로, 질문을 이해하기 위해서 필요한 정보들을 제공한다. 그리고 발췌문은 질문을 뒷받침해줄 수 있는 구체적인 장면을 제시한다.

다음으로는 선택논제 예시를 살펴보자.

청소부 아저씨는 표지판을 닦는 일을 계속하면서 거리에서 음악과 문학에 대해 강연을 합니다. "점점 더 많은 사람들이 강연을 들으러 왔고" 텔레비전 방송국에서 취재도 나옵니다. 아저씨는 "네 군데 대학에서 강연을 해달라는 부탁"까지 받는데요. 하지만 "강연을 하는 건 오로지 내 자신의 즐거움을 위해서"라며 "지금 내가 하는 일을 계속하고 싶"(p.28)다고 거절의 편지를 보냅니다. 여러분은 청소부 아저씨의 이런 선택에 공감하나요?

어느 날 텔레비전 방송 '오늘의 인물'의 카메라맨과 기자가 왔어. 그들은 일하는 아저씨를 찍고, 이것저것 질문을 했지. 아저씨는 밤새 유명해졌어. 이제 모든 것이 온통 뒤죽박죽되었어. 가는 곳마다 아저씨의 사인을 받으려는 사람들이 진을 쳤어. 편지들이 커다란 자루에 가득 찰 만큼 집으로 날아왔어. 표지판 청소부 반장과 표지판 청소국 국장은 아저씨에게 칭찬을 늘어놓으며 꽃다발을 건네주었어. 아저씨 때문에 표지판 청소국의 위신이 높아졌거든.

네 군데 대학에서 강연을 해 달라는 부탁이 왔어. 그렇게 하면 아저씨는 훨씬 유명해질 수 있을 거야.

하지만 아저씨는 거절하기로 결심하고 답장을 썼지.

"나는 하루 종일 표지판을 닦는 청소부입니다. 강연을 하는 건 오로지 내 자신의 즐거움을 위해서랍니다. 나는 교수가 되고 싶지 않습니다. 지금 내가 하는 일을 계속하고 싶습니다."

그리고 아저씨는 지금까지 그랬듯이, 표지판 청소부로 머물렀단다. (p.28)

- 공감한다.
- 공감하기 어렵다.

위의 선택논제도 자유논제와 마찬가지로 전제문, 질문, 발췌문으로 구성되어 있다. 차이는 '공감한다' '공감하기 어렵다'처럼 선택이 가능한 질문이라는 점이다.

별점과 소감, 인상 깊은 부분 나누기

자유논제 1번은 별점과 소감을 묻는 논제다. 논제문에는 책의 객관적인 정보(책의 제목, 작가, 주인공 등)와 간단한 소개가 포함되어야 한다. 이때 줄거리를 지나치게 길게 정리할 필요는 없다. 한두 문장 정도로 어떤 내용인지 소개하고, 그 외 이 책만의 특징이 있다면 함께 소개하면 좋다. 논제자의 주관적인 해석이나 토론자의 발언에서 이끌어내야 할 주제 등을 직접적으로 기술하지는 않았는지 점검할 필요가 있다.

자유논제 2번은 책의 인상 깊은 부분을 나누는 논제다. 이때 '인상 깊은' 부분이란, 재미있게 읽었거나 크게 공감한 부분을 의미하기도 하지만 불편했거나 공감하지 못한 부분, 이해하기 어려웠던 부분도 포함된다. 그림이 포함된 책이라면 그림에 대한 이야기도 함께 나누면 좋다.

1. 『행복한 청소부』는 표지판 청소를 하던 한 아저씨가 표지판에 적힌 작가들과 예술가들에 관심을 가지면서 벌어지는 이야기를 담고 있습니다. 이 책은 모니카 페트가 쓰고, 안토니 보라틴스키가 그림을 그린 그림책으로 전 세계 독자들에게 꾸준히 사랑을 받고 있습니다. 여러분은 이 책을 어떻게 읽었나요? 별점과 소감을 나눠봅시다.

별점	☆☆☆☆☆
읽은 소감	

2. 『행복한 청소부』를 읽고 인상 깊은 부분이나 장면이 있었나요?

위의 예시처럼 책에 대한 간략한 정보를 제공하면서 편하게 질문을 하는 형식이면 된다. 논제문이나 질문을 길게 하기보다는

자유롭게 생각을 정리할 수 있도록 글 쓰는 공간을 따로 만들어 두자.

자유논제, 선택논제 만들 때 유의사항

자유논제는 토론자들의 다양한 관점과 생각을 폭넓게 이끌어낼 수 있어야 한다. 같은 키워드에 관한 논제라 하더라도 질문을 어떻게 하느냐에 따라서 토론자들의 발언 내용이나 태도가 달라질 수 있다. 이때 중요한 것이 바로, '어떻게'다. 자유토론 논제문의 질문은, '왜'가 아닌 '어떻게'로 묻는 것이 좋다.

"주인공의 이런 행동을 어떻게 보셨나요?"란 질문과 "주인공은 왜 이런 행동을 했을까요?"라는 질문의 차이를 생각해보자. 전자에 비해 후자는, 정답이 있을 것 같고 정답을 얘기해야 할 것 같은 부담을 느끼게 된다. 자기 생각을 솔직하고 자유롭게 얘기하기보다는 작가가 왜 그렇게 그렸는지에 대해 얘기해야 할 것 같은 부담 때문에 토론자들이 활발하게 얘기하는 것을 막을 수도 있다. '어떻게 보셨나요?'라는 질문이 가장 일반적이지만 질문 내용에 따라 '어떻게 다가왔나요?', '어떻게 읽으셨나요?', '어떻게 생각하시나요?' 등으로 다양하게 변형할 수 있다.

선택논제는 2개 혹은 3개의 선택지가 있는 논제다. 토론자들은 제시된 선택지 중 하나를 선택해야 한다. 다양한 생각을 이끌어내는 자유논제보다는 토론의 범위가 좀 더 좁다. 하지만 제한된 선택지에 대해 자신의 생각이 어느 쪽에 더 가까운지 입장을 정함으로써 생각을 명확하게 정리할 수 있다. 미리 입장을 정하고 토론하는 디베이트와 달리 자신의 생각에 좀 더 가까운 쪽을 선택하는 토론이다.

선택논제에서 가장 많이 쓰는 질문이 "~에 공감하시나요?"다. 공감의 사전적 의미는 '(남의 의견·감정·생각 따위에 대하여) 자기도 그렇다고 느끼는 것. 또는, 그러한 기분'이다. '찬성(반대)하시나요?', '동의하시나요?', '옳다고 생각하시나요?' 등의 표현보다 '공감하시나요?'라는 질문이 책 속으로 들어가 저자나 등장인물에 대해 더 깊이 있게 토론을 할 수 있도록 돕는다. 또한 토론자들의 선택에 대한 부담을 줄여줄 수 있다. 만약 나라면 주인공처럼 행동하지 않았을지라도 책 속의 상황과 맥락에서는 충분히 이해되는 측면이 있으므로, 자신의 선택이 다른 토론자들에게 비난받을까봐 부담을 느끼지 않게 된다.

이때 선택지는 '공감한다/공감하기 어렵다'가 좋다. 이 또한 '공감하지 않는다/공감하지 못한다'라는 선택지보다 선택의 결과에 대한 부담을 낮춰준다. 공감 여부를 묻는 질문 이외에 두 선택지 중에 '어느 것이 더 중요한가 혹은 필요한가'를 묻는 논제도 가능하다. 또 '여러분이 ~라면 ~처럼 하시겠습니까?'와 같이 내가 만약 주인공의 상황과 입장이라면 어떤 선택을 했을지에 대한 질문도 좋다.

대부분의 진행자들은 자유논제보다 선택논제를 만드는 게 더 어렵다고 답한다. 왜 그럴까? 토론의 균형을 위해서는 하나의 선택지로 의견이 쏠리지 않아야 하며, 각각의 선택지에 대한 발언 모두 실익이 있어야 한다. 즉 양쪽 의견 모두 보편적으로 설득력을 가져야 한다는 의미이다. 내가 선택하지 않았지만 상대방의 선택의 이유에 대해서도 공감할 수 있는 발언이 나올 수 있도록 정교하게 논제를 만들어야 한다. 일방적으로 한쪽으로 쏠리거나 각 선택의 이유가 너무 뻔하거나 단조로운 논제는 피해야 한다.

디베이트처럼 서로 반박하고 반론하는 토론은 아니지만 양쪽 의견이 팽팽하게 맞서고, 나와 다른 선택의 이유나 근거도 충분히 설득력을 가질 때 토론의 재미가 더해진다. 실익 있는 선택논제를 만들기 위해서는, 양쪽 선택지에서 나올 만한 예상 답변들을 다 적어보는 게 도움이 된다. 이때 선택의 근거를 책에서 찾으면 더 좋다. 논제문과 발췌문을 통해 양쪽 선택지에 대한 근거를 제시해주는 것이 필요하다.

두 선택지 중 하나는 근거가 책에 있지만 다른 하나는 없는 경우도 있다. 이런 경우, 책에서 근거를 제시한 의견 쪽으로 선택이 몰릴 가능성이 있다는 것도 염두해야 한다. 다른 책이나 신문 자료 등을 찾아 제시해줄 수도 있지만, 근거 제시가 없다하더라도 사람들이 일반적으로 생각할 수 있거나 예상 가능한 것이라면 토론을 해볼 만하다. 하지만 저자의 주장이나 인물의 행동에 다른 근거를 제시하거나 생각하기 어려운 논제라면 선택논제보다는 자유논제로 방향을 바꾸는 것이 자연스럽다.

논제 체크리스트 확인 및 평가

하나의 논제를 완성한 후에는 94쪽에 있는 논제 체크리스트를 통해 다시 한 번 확인한다. 충족되지 않은 항목에 대해서는 다시 퇴고를 통해 수정해야 한다. 그런 다음 다시 체크리스트로 확인한 결과, 모두 통과되면 이제 실전에서 토론할 논제가 준비된 것이다.

세상에 완벽한 논제는 없다. 수정되지 않는 논제는 죽은 논제다. 준비한 논제로 실전 토론을 했다면, 실제 토론 내용을 바탕으로 논제에 대한 평가를 해야 한다. 특히, 토론이 잘 되지 않았다면, 왜 토론이 안 됐는지 논제를 분석해보고, 다르게 수정해보자. 고인물이 썩듯, 토론이 잘 되지 않았던 논제를 수정하지 않는다면 발전이 없다. 잊어버리기 전에 토론 당일, 토론일지를 작성하면서 논제 분석과 함께 논제 수정까지 하는 것이 좋다. 해당 토론그룹에 대한 상세한 정보와 특징을 함께 기록해두는 것도 필요하다. 이렇게 매번 준비를 한다면, 실력과 함께 자신감도 쌓인다.

논제 체크리스트

	확인 필요한 항목	o / ×
1	논제문의 길이가 4~6문장인가?	
2	책 속에서 발췌한 부분에 대해 인용(" ") 표시와 페이지를 표기했는가?	
3	논제문의 주어와 술어가 호응이 되는가?	
4	논제문에 질문이 하나인가?	
5	논제자의 해석, 관점, 느낌이 배제되어 있는가?	
6	발췌 분량이 적당한가? (논제문 길이의 50% 내외, 발췌문은 논제문의 2배 이상 넘지 않도록)	
7	한 문장의 길이가 너무 길지 않는가?	
8	질문과 발췌가 밀접하게 연관성이 있는가?	
9	논제문이 간결하고 이해가 쉬운가?	
10	다양한 답변을 이끌어낼 수 있는가?	

3장

실전! 비경쟁 독서토론

_김선화

곽서영

자유롭게 견해를 펼쳐보아요
: 자유논제 진행 방법

독서토론은 토론이 시작되는 때가 아니라 아이들이 토론 장소에 들어오는 순간부터 시작이다. 한 명, 두 명 들어올 때부터 아이들에게 말을 건네고 친근감을 형성하는 과정이 필요하다. 처음 만나는 아이들이라면 이름을 확인하고 자리에 앉도록 이끌어준다. 날씨나 그날 토론할 책에 대해 가볍게 말을 건네면 된다. 몇 번 만난 아이라면 그들의 관심사에 대한 질문을 하는 것도 좋은 방법이다.

토론하기 전에 자리를 정돈하고 정확한 시간을 지켜 토론을 시작하는 것이 좋다. 담소를 나누던 것도 마무리하고 각자 자리에 앉아 주제 도서와 논제지를 책상 위에 배치하도록 주지시킨다. 그리고 토론이 시작되었음을 아이들에게 알린다. 다음은 『오리건의 여행』(라스칼 글·루이 조스 그림, 곽노경 옮김, 미래아이, 2017)으로 자유논제를 진행하는 상황이다.

교사 : 안녕하세요. 반가워요, 여러분. 저는 오늘 여러분과 함께 토론을 진행할 ○○○입니다. 다들 자기 이름표가 있는 자리에 앉았나요? 좋아요. 우리가 지금 무엇을 하러 이 자리에 모인지 알고 있나요?

아이들 : 독서토론이요.

교사 : 맞아요, 우리는 오늘 『오리건의 여행』을 가지고 비경쟁 독서토론을 하려고 해요. 비경쟁 독서토론은 같은 책을 읽고 논제를 중심으로 자기 의견을 이야기하고 다른 사람의 의견을 듣는 방식으로 진행돼요.

민영 : 선생님, 이건 뭔가요?

교사 : 책상 위에 놓인 종이는 논제지입니다. 우리가 토론할 주요 내용을 간단하게 작성한 거예요. 토론은 논제 순서에 따라 진행될 겁니다. 아, 논제에 모두 답을 써넣을 필요는 없어요. 토론이니까 말로 하면 됩니다. 단, 토론을 할 때, '반대, 반론, 반박'이라는 단어는 사용하지 않기로 해요. 이건 디베이트가 아니니까요.

신균 : 선생님, 언제 끝나요?

교사 : 앞으로 90분 동안 진행될 거예요. 화장실 가고 싶은 분들은

이때 쉬는 시간을 줄 테니 그때 가도록 하세요.

아이들 : 네.

교사 : 자, 우리에게 주어진 시간이 얼마큼이라고 했지요?

아이들 : 90분이요.

교사 : 맞아요. 그런데 우리는 지금 열 명이에요. 열 명이 골고루 이야기를 한다면 한 사람이 몇 분 정도 이야기할 수 있을까요? 정확히 9분이죠. 오늘 제가 준비한 논제는 자유논제 여섯 개, 선택논제 두 개, 총 여덟 개입니다. 그렇다면 한 논제당 한 사람이 말할 수 있는 시간은 1분이 조금 넘을 거예요. 그러니 발언할 때는 1분 정도로 마칠 수 있게 자기의 생각을 정리해주시기 바랍니다.

아이들 : 네.

교사 : 자, 그럼 한 사람당 9분씩 발언한다면 토론 시간 동안 여러분은 말하기와 듣기 중 무엇을 더 오래 하게 될까요?

아이들 : 듣기요.

교사 : 네, 그렇기 때문에 토론에서는 말하기보다 듣기를 잘하는 것이 더 중요합니다. 서로의 의견을 듣는 데에 신경 써주세요. 토론에서 친구의 말을 중간에 자르고 자기 말을 하는 것은 예의에 어긋나는 행동입니다. 남의 말을 잘 들어줄 때, 남들도 나의 말에 귀를 기울입니다. 저는 여러분이 토론을 통해 배려가 무엇인지 체험했으면 좋겠어요. 무엇보다 중요한 것

은 '경청하는 태도'입니다. 꼭 기억하세요.

아이들 : 네.

교사 : 그리고 마지막으로, 여러분에게 당부할 말이 있습니다. 우리가 여기서 나눈 이야기는 우리끼리만 아는 비밀로 해요. 부모님께 말하거나 여기에 있지 않은 다른 친구에게 토론에서 나눈 이야기들을 옮기지 않도록. 저도 여러분 부모님께 말하거나 하지 않겠어요. 약속합니다. 자, 그럼 이제 본격적으로 독서토론에 들어가볼까요?

위의 대화는 비경쟁 독서토론을 처음 접하는 토론자들에게 안내하는 내용들이다. 비경쟁 독서토론의 정의, 디베이트가 아니기에 '반대, 반론, 반박'이라는 단어는 사용하지 않는다는 점, 토론을 마치는 시간과 쉬는 시간 여부, 토론 시간은 함께 사용하는 시간이므로 한 사람의 발언이 길어지지 않도록 주의를 주는 것, 다른 사람이 말하는 중간에 끼어들지 않고 자신의 차례를 기다릴 것, 무엇보다도 중요한 것은 다른 친구들의 의견을 '경청'하는 태도라는 점.

이런 안내는 사소해보이지만, 토론의 질을 좌우하는 중요한 열쇠가 되기도 한다. 아무리 어린 아이들이더라도 토론의 규칙을 먼저 알려주면 이해하고 지키려 노력한다. 미리 안내를 했기에 토론 중간에 끼어드는 아이의 발언을 저지하거나 장난치려고 하는 아이를 멈추게 하는 교사의 말에 권위가 생긴다.

토론을 시작한 후 제일 처음 맞이하는 논제는 별점과 소감을 나누는 자유논제이다. 이 논제를 통해 아이들이 책을 얼마나 읽어 왔는지, 책에 대해 호감을 갖고 있는지, 어디에 중점을 두고 책을 읽었는지 등을 파악할 수 있다. 독서토론 참여자 모두 꼭 발언해야 하는 필수 논제이다.

1번 자유논제를 처음 접하는 아이들에게는 '별점'에 대한 설명을 해주어야 한다. 총 5점 만점이고, 소수점까지 점수를 부여할 수 있다. 때로 책에 대해 자기가 평가하는 것에 부담을 느껴 별점 주는 것을 버거워하는 아이들이 있다. 이런 경우 별점을 세분화해서 설명한다. 책이 보통이었다면 3점, 재미있고 유익했다면 5점에 가깝게, 얻은 것이 별로 없고 재미도 없었다면 1점에 가깝게 주면 된다고 설명해준다. 좀 어린 아이들에게는 논제지의 별을 좀 더 크게 그리고 색연필로 색칠하도록 유도하면 좋아한다.

별점은 책에 대한 자신의 견해를 밝히는 첫걸음이다. 별점을 통해 책을 읽은 소감을 좀 더 구체적으로 표현할 수 있다. 중간 점수인 3점보다 높다면 다른 책보다 어떤 점이 더 낫다고 여겼는지를 말하게 하고, 만점인 5점에서 점수를 깎았다면 어떤 부분이 아쉬웠기에 별점을 뺐는지 말하게 하면 된다. 별점이 3점보다 낮은 경우에는 어떤 점이 부족하다고 생각했는지를 말하게 하고, 최하점인 0점보다 점수를 좀 더 주었다면 책이 별로였지만 어떤 부분에서 그나마 괜찮다고 생각하는지 말하게 한다. 아이들이 "재미있어요" "별로예요"라고 단답형으로 소감을 대신한다면 위와 같이 유도해보는 것이 좋다.

별점과 소감 나누기가 끝나면, 참여자 중 누가 책을 다 읽었는지, 누가 책에 대해 호감/비호감을 가지고 있는지를 파악이 될 것이다. 이는 이후 토론에서 아이들의 발언과 연결되므로 따로 메모해두거나 기억하도록 노력한다. 이 논제가 끝난 후 다음 논제부터는 의견이 있는 토론자 위주로 진행한다고 알린다.

인상적인 부분을 소개하는 2번 자유논제의 경우, 할 말이 있는 토론자 위주로 진행하면 된다. 인상적인 대목을 소개하는 시간에는, 자신이 가지고 있는 책의 몇 페이지 몇 번째 줄인지 분명히 말하게 하고 해당 부분을 낭독해달라고 요청한다. 그 후에 왜 인상적이었는지를 말하게 한다. 낭독할 부분 언급, 낭독, 인상 깊었던 이유 말하기, 이런 순서로 진행해야 다른 토론자들이 해당 페이지를 눈으로 보며 집중할 수 있고 낭독자도 좀 더 정리된 발언을 할 수 있다.

3번 자유논제부터 본격적인 '논제가 있는 독서토론'의 과정에 진입한다. 보통 3번 자유논제는 책을 읽지 않은 토론자들도 이야기할 수 있는 경험 논제, 논제문과 발췌문만 보고서도 자신의 의견을 정리하여 편안하게 발언할 수 있는 평이한 수준의 논제를 배치한다. 그리고 4번, 5번 논제로 넘어갈수록 좀 더 심도 있는 이야기를 나눌 수 있는 논제들을 배치한다.

토론을 진행할 때 진행자는 딱딱하게 논제문을 읽기보다는 자신에게 맞는 구어체로 문장을 바꾸어 편안하게 말하듯이 진행하는 것이 좋다. 진행자가 논제지만 쳐다보고 있으면 아이들도 고개를 들지 않는다. 논제지 내용을 숙지하고 아이들에게 말을 걸듯이 진행한다. 논제문은 진행자의 말투로 바꾸어 읽고, 이어 발췌문은 아이들 중 한 명에게 읽어달라고 부탁하면 된다. 지명할 수도 있고 지원하는 사람에게 낭독을 부탁할 수도 있다. 토론에서 발언 기회가 적었던 아이에게 낭독을 부탁하여 목소리라도 풀게 해주는 것도 방법이다. 발췌문 읽기가 끝나면, 진행자는 토론자들을 바라보며 논제지의 질문을 한 번 더 언급하여 토론자들의 발언을 이끌어낸다.

모두가 좋은 의견이에요
: 선택논제 진행 방법

독서토론의 논제를 자유논제와 선택논제의 두 유형으로 만드는 이유는 각 논제를 통해 이끌어낼 수 있는 효과가 다르기 때문이다. 자유논제의 경우, 어색한 분위기를 깨는 데 도움이 되고, 논제지가 토론자의 발언을 돕는 도구임을 이해하게 해주는 역할을 한다.

선택논제의 핵심은 내 입장 명확히 하기와 다른 입장 이해하기이다. 선택논제는 자유논제를 통해 책과 토론에 익숙해진 아이들을 책의 핵심으로 이끄는 역할을 한다. 자유논제에서 다루지 않았던 부분, 책의 주제와 깊이 연관된 부분, 저자의 주장에 핵심이 되는 부분, 논쟁이 될 만한 부분을 주로 다룬다. 자유논제보다 좀 더 열띤 토론 분위기가 조성된다. 그래서 자유논제보다 선택논제가 더 재미있다는 아이들도 있다.

선택논제 토론에서 토론자는 두 개 혹은 그 이상의 선택지에서 자신의 견해에 좀 더 가까운 쪽으로 반드시 자신의 입장을 정해야 한다. 논제가 있는 독서토론에 익숙하지 않은 토론자들은 선택논제를 받게 되면 어느 한쪽으로 자신의 입장을 결정하지 못하겠다며 이도 저도 아닌 중간을 선택하려는 경향을 보인다.

선택논제는 자유논제보다 진행자가 신경 써야 할 부분이 많다. 자유논제에서 의견이 있는 발언자를 중심으로 토론을 진행했다면, 선택논제는 어쨌든 자신의 의견이 어느 쪽인지를 전원 다 표명하게 해야 한다. 그 이후 왜 그렇게 선택했는지는 번갈아가며 들으면 된다.

다음은 그림책 『세 강도』(토미 웅게러 글·그림, 양희전 옮김, 시공주니어, 2017)의 선택논제가 진행되는 풍경이다.

교사 : 자, 이 책의 마지막 장면을 함께 볼까요? 강도들은 자기네 보물을 쓰려고 아이들을 닥치는 대로 데려왔어요. 그리고 모두가 함께 살 수 있는 아름다운 성을 샀는데요. 아이들은 빨간 모자와 빨간 망토를 차려입고, 새 집으로 이사를 합니다. 그리고 결혼할 나이가 되어서도 성 근처에 집을 짓고 빨간 모자와 빨간 망토를 입고 마을을 이뤄 살아간다고 책에 나

옵니다. 여러분은 어른이 되어서도 성 근처에서 살아가는 이들의 모습에 공감하시나요? 자, 아래 발췌 부분 읽어줄 사람?

학생 : 저요!

교사 : 그래, 정원이 한번 읽어보렴.

학생 : 아이들은 자라서 결혼할 나이가 되었어. 아이들은 성 근처에 집을 지었지. 마을은 점점 커졌고, 온통 빨간 모자와 빨간 망토를 차려 입은 사람들로 가득 찼어. 사람들은 인정 많은 양아버지가 된 세 강도를 기리려고 뾰족 지붕이 있는 높은 탑 세 개를 세웠어. 강도 한 사람에 탑 하나씩이었지.

교사 : 잘 읽어주었어요. 여러분, 여러분은 어른이 되어서도 성 근처에서 살아가는 이들의 모습에 공감하시나요? 자신들이 자라온 성 근처에서 마을을 이루어 살아가는 모습에 좀 더 공감이 된다면 손바닥을, 어른이 되었는데도 여전히 성 근처에서 살고 있는 모습에 공감하기 어렵다면 손등을 들어주세요. 공감한다가 손바닥, 공감하기 어렵다가 손등입니다. 자, 결정하셨죠? 그럼 한번 들어보도록 하겠습니다. 하나, 둘, 셋! 모두 들어주세요! 네, 공감한다가 다섯 명, 공감하기 어렵다가 네 명이네요. 그럼 공감한다는 친구들이 좀 더 많으니까 공감한다고 표시한 친구들 중에서 두 명 먼저 의견 들어볼까요?

학생 : (생략)

교사 : 좋아요, 공감한다 쪽 의견에 좀 더 보탤 친구?

학생 : (생략)

교사 : 네, 공감한다는 쪽 두 명의 의견 잘 들었습니다. 하지만 공감하기 어렵다는 의견도 네 명이나 있었는데요. 이 중 두 명의 의견을 들어보겠습니다.

학생 : (생략)

교사 : 네, 그런 의미로 공감하기 어렵다를 선택했군요. 한 명만 더 말해볼까요?

학생 : (생략)

교사 : 오, 그렇게 생각할 수도 있겠네요. 좋아요. 각각 두 명씩 의견을 들어보았는데요, 다시 공감한다 쪽 의견 두 명 더 들어볼게요. 이전에 발언하지 않은 친구가 의견을 말해주면 좋겠어요.

학생 : (생략)

학생 : (생략)

교사 : 네, 어른이 되어서도 마을을 떠나지 않는 이유를 근거로 들어주었네요. 다시 그럼에도 불구하고 나는 여전히 공감하기 어렵다는 의견, 한번 들어볼까요?

학생 : (생략)

학생 : (생략)

교사 : 네, 그렇게 본다면 어른이 되어서도 마을을 떠나지 않는 이들에게 공감하기 어렵겠어요. 마지막으로 아직 발언하지 않은 친구 한 명, 공감한다 쪽 의견 들어볼게요.

학생 : (생략)

교사 : 좋아요. 마지막으로, 공감하건 공감하기 어렵건 이 논제에 대해서 좀 더 의견을 말하고 싶은 사람?

학생 : (생략)

교사 : 네, 여러분의 다양한 의견을 들어볼 수 있는 시간이었습니다. 자기가 선택한 쪽의 견해를 말하는 동안 자기 생각을 더 분명히 알 수 있었을 거예요. 그리고 나와 다른 선택을 한 친구들의 의견도 들어보니 그럴 만하다고 수긍되는 부분도 있었지요? 자, 다음 논제로 넘어갈게요.

선택논제 진행시 주요 발언은 위와 같다. 우선 자유논제와 마찬가지로 진행자가 논제문을 읽고 발췌 부분을 학생이 읽도록 한다. 학생들에게 선택지 중 자신의 견해를 정하도록 시간을 잠시 주고 이후 동시에 자신의 견해를 표하게 한다. 손바닥/손등으로 나누어 손을 들거나 ○/×표지판, 빨강/파랑 카드지를 준비해서 표시하는 등 교사마다 다양한 방법을 쓸 수 있다. 자신의 견해를 표할 때의 핵심은 '동시에' 한다는 것이다. 동시에 밝히지 않으면 때로 아이들은 소수의 의견을 표시하기를 부담스러워해서 슬그머니 자기 견해를 옮겨가기도 하기 때문이다. 학생들은 선택논제를 통해 우선 자신의 견해를 선택해서 분명히 제시하는 연습부터 하게 된다.

선택지에 따라 학생들의 견해가 나뉘면 다수의 견해부터 두세 명 의견을 말하도록 유도한다. 다수의 견해부터 듣는 이유는, 누구나 생각해보았을 법한 이야기를 먼저 들음으로써 선택논제의 토론을 부드럽게 시작할 수 있고, 다수의 견해를 먼저 이야기하는 동안 소수의 견해를 가진 학생들의 심리적 위축을 막을 수 있기 때문이다. 다수의 견해를 들은 후 바로 이어 소수 견해에 해당하는 학생들의 발언을 듣는다. 다수가 두 명 말했다면 소수 의견 발언도 한 명보다는 두 명이 좋다. 이때 교사는 "좀 더 의견을 보탤 사람?" "비슷하지만 다른 의견이 더 있는 사람?"과 같은 유도하는 말로 학생들의 말이 완전히 일치하지 않도록 돕는다. 각 진영에서 두 명의 발언을 하게 하는 이유는 첫째, 학생들이 자신의 의견을 말할 때는 완전히 같지 않게, 그리고 좀 더 명확하게 발언을 정돈해야 한다는 의식을 심어주기 위해서이고, 둘째, 듣는 청중에게 세상에 완전히 똑같은 의견은 없다는 사실을 깨닫는 기회를 주기 위해서이다.

다수 의견 두 명, 소수 의견 두 명 순서로 토론을 진행했다면 다시 또 다수 의견 쪽으로 이동하여 왜 이러한 선택을 했는지 발언을 들어본다. 이때 앞서 발언한 학생 외의 다른 학생이 말하도록 유도한다. 선택논제에서는 각 진영의 대표 발언자가 생겨날 수도 있다. 그러나 모두 함께 토론하는 자리이므로 될 수 있으면 골고루 발언 기회를 부여하는 것이 좋다. 아무도 발언을 시작하지 않고, 이전에 발언했던 학생이 또 발언하려고 한다면 좀 더 기다리도록 한다. 그 사이 교사는 다수 의견에 도움이 될 만한 근거들을 간단하게 한두 마디로 던지며 발언을 유도할 수도 있겠다. 다수 의견 발언이 끝난 후에는 다시 소수 의견을 듣는다. 이런 방식으로 각 진영의 발언들을 오가며 듣는다.

선택논제에서는 토론 중간에 나와 다른 견해를 듣고서 자신의 선택지를 바꾸는 것도 가능하다. 본인이 처음 택한 것을 끝까지 고수할 필요는 없으며 언제든 바꿀 수 있는 자유로운 토론 분위기를 형성하는 것이 좋다. 견해를 바꾼 학생이 있다면 교사는 안내를 해주어야 한다. "처음에는 '공감한다'가 다섯 명, '공감하기 어렵다'가 네 명이었는데, '공감한다'를 선택한 ○○가 '공감하기 어렵다'로 의견을 바꾸어서 이제 '공감한다'가 네 명, '공감하기 어렵다'가 다섯 명이 되었다"는 식으로 말이다. 그리고 견해를 바꾸었다는 것은 특이사항이므로 해당 학생에게 왜 견해를 바꾸게 되었는지 묻고 말하는 시간을 갖도록 한다.

마치 핑퐁을 하듯 각 진영의 토론자들이 선택논제에 대한 발언이 끝났다면 마지막으로 어떤 선택지를 택했건 해당 논제에 대해 무슨 말이든 하고 싶은 사람이 있는지 한 번 더 묻는다. 정해진 논제의 틀 안에서 말하는 것이 답답하거나 논제에서 좀 벗어났더라도 핵심 키워드가 통하기에 말하고 싶은 사람이 있을 수 있다. 책통아의 토론은 강압적이거나 딱딱한 형식에 얽매여 있는 토론이 아니며, 언제든 자신의 의견을 밝히는 것이 권장된다는 사실을 충분히 인지시키도록 한다.

선택논제는 진행자로서의 세심한 역할이 필요하다. 견해를 표명한 학생들을 재빨리 파악하는 능력, 다수 의견과 소수 의견을 번갈아 발언하도록 지휘하는 진행력, 학생들이 좀 더 면밀하게 자신의 견해 표명할 수 있도록 돕는 능력, 시시때때로 의견이 변동될 때 발휘해야 할 순발력.

그러나 무엇보다도 가장 중요한 것은 진행자로서의 균형 감각이다. 어느 쪽 견해를 선택하든 나올 수 있는 발언을 예측해두고 학생들의 말문이 막혔을 때 은근슬쩍 도움말을 던져 다른 방향으로 생각해볼 수 있게 하는 능력이 필요하다. 이는 한두 번의 경험으로 얻기는 어렵다. 진행자 자신도 토론자로서 독서토론에 참여해보고, 또 여러 번 진행해보아야 습득이 가능하다.

경청과 칭찬이 최고의 학습

> 당신이 말을 할 때는 당신은 이미 알고 있는 것들만 이야기합니다. 하지만 당신이 경청할 때는 당신이 몰랐던 새로운 것들을 배우게 됩니다. - 달라이 라마

비경쟁 독서토론을 통해 아이들은 많은 것을 배울 수 있다. 양서를 읽고 자기 생각의 힘을 기르는 것뿐만 아니라 자기 의견을 조리 있게 명확히 발언하는 법, 상대의 의견을 경청하는 법, 자기 의견을 글로 표현하는 법 등 학습적인 부분뿐만 아니라 또래와 관계를 맺는 법, 나와 다른 의견을 가진 상대를 포용하는 법, 정해진 룰을 지키며 그 안에서 자유로울 수 있는 방법 등도 배우게 된

다. 이 중에서 독서토론을 통해 직접적으로 향상되는 능력은 바로 말하기 능력이라 할 수 있겠다. 말하기 능력을 향상시키는 데 우선적으로 필요한 것은 바로 '경청'하는 태도이다.

독서토론에서 진행자의 언어는 토론자의 의도를 덮지 않고 그 의도에 자신의 생각을 섞지 않으며, 오히려 토론자의 발언을 진행자 자신의 언어를 통해 강화하여 그만큼 더 토론자의 의도를 명확하게 한다. 그러기 위해서는 무엇보다 진행자의 경청이 중요하다. 바로 진행자의 경청이야말로 말하기가 아니라 듣기가 독서토론의 근원적 요소임을 드러낸다.

경청의 중요성은 여러 번 강조해도 지나치지 않다. 독서토론에서 진행자가 해야 할 일은 토론자의 발언을 경청하는 것이다. 최선의 노력을 다해 귀 기울여야 한다. 교사가 경청하는 것이 아이들에게 배움이 된다. 교사가 솔선수범할 때 아이들도 경청의 태도와 자세를 배울 수 있다.

학생들의 자기표현 능력을 향상시킬 수 있는 방법은 경청과 더불어 학생들의 토론 발언을 코치해주는 방법이 있다. 독서토론 시간에 아이들은 한정된 시간을 공유하면서 자신의 의견을 짧은 시간 안에 정리하여 발언을 한다. 자신의 발언을 토론 참여자 모두 경청하고 반응하는 것을 경험한 학생은 자신감을 얻게 되고 다음 시간에는 좀 더 잘 말하기 위해 노력한다. 학생들의 토론 발언을 돕는 방법은 다음과 같다.

아이들 스스로 긍정적인 피드백을 나누도록 유도한다.

독서토론의 맨 마지막 순서는 '오늘의 한마디'와 '토론 소감'을 나누는 것이다. '오늘의 한마디'는 오늘 토론 중 인상적이었던 다른 토론자의 발언에 대해 이야기하는 순서이다. 이런 순서가 있다는 사실을 토론 시작 전에 미리 언급하고 이는 별점과 책을 읽은 소감을 말하는 것처럼 의무 발언 시간임을 알린다.

논제 토론이 다 끝난 후에는 교사가 "자, 이제 오늘의 한마디와 토론 소감을 나누도록 하자. 오늘 친구들의 발언 중 인상적이었던 말을 오늘의 한마디로 소개해줘. 그리고 오늘 토론한 소감도 함께 얘기하도록 하자."하며 아이들의 발언을 이끌어낸다. '오늘의 한마디' 순서가 있다는 것만으로도 아이들은 자기 이야기 외에 상대방의 이야기를 주의 깊게 듣게 되고, 자기의 발언이 '오늘의 한마디'로 언급된 학생은 어색함과 뿌듯함을 경험하게 된다. 언급 자체만으로도 서로의 발언을 경청하는 효과와 더 조리 있게 말하려는 태도를 기를 수 있다.

코칭의 기본은 긍정적인 반응, '칭찬'이다.

'오늘의 한마디'와 마찬가지로 토론 발언 코칭의 핵심은 긍정적인 반응이다. 아이들의 토론 발언에 대해 교사는 언제든지 말할 수 있다. 단, 모든 코칭의 내용은 '칭찬'이어야 한다. 잘못된 발언,

어색한 발언, 책 속 용어를 제대로 기억하지 못해 잘못 말한 것 등을 지적하지 않는다. 말은 글과 다르다. 순간 잘못 말한 것을 지적해봤자 이미 쏟아진 물이고 되돌릴 수 없다. 지적을 받은 학생은 심리적으로 위축되게 마련이다. 지적하는 코칭은 얻을 수 있는 효과가 거의 없다. 오히려 악영향만을 미친다. '칭친하는 코칭'을 하도록 노력한다.

인간은 누구나 장점보다 단점을 더 잘 본다. '칭찬하는 코칭'을 해본 사람은 이런 코칭이 지적보다 얼마나 더 어려운 일인지 알 것이다. 칭찬하는 코칭을 잘 하기 위해서는 경청하는 태도가 몸에 배어야 하고 기억력, 집중력이 좋아야 하며 순발력, 상황 판단력도 뛰어나야 한다. 토론 시간에 논제의 질문만 던지는 것이 아니라 아이들의 발언을 꼼꼼히 기억하고 언급해야 한다.

칭찬 코칭을 할 때에는 요란하게 하지 않는다. 교사는 토론 진행자이다. 코칭을 너무 길게 하는 것도 토론자들의 토론 시간을 빼앗는 셈이 된다. 게다가 코칭을 받지 않은 다른 아이들을 소외시키는 결과를 낳기도 한다. 진행자로서 말을 줄이자. 코칭은 짧게, 한두 문장으로 하는 것이 좋다.

 발언의 양보다는 발언의 질에 대해 코칭한다.

토론 발언 코칭법은 많이 말한 아이를 칭찬하는 것이 아니다. 특정 학생이 적극적인 태도로 토론에 참여하여 활발한 발언을 했다면 해당 학생을 칭찬하는 것도 때로는 필요하다. 토론 시간에 누가 많이 말했는지는 학생들도 모두 인지하고 있다. '토론'이기 때문에 많이 말한 사람이 잘한 사람이라고 생각하기 쉽다. 그런 손쉬운 평가를 하지 않도록 노력한다.

칭찬 코칭을 할 때는 발언한 '학생'이나 '발언의 양'이 아니라 '발언의 질'에 대해 칭찬하는 것이 좋다. 아이들의 발언을 순간적으로 기억하는 능력이 필요하다. 발언 내용의 키워드를 메모하는 것도 도움이 된다. 모든 발언을 다 칭찬할 필요는 없다. 예를 들면, 발언할 때 책의 내용, 특정 페이지를 언급하여 자기 견해의 근거로 삼은 발언을 칭찬한다. 많이 말하지 않았더라도 주로 경청하다가 책의 핵심, 논제의 핵심을 찌르는 발언을 할 때 칭찬한다. 선택논제 진행 시, 상대의 견해에 대해서 수긍하면서도 자기 견해를 정확히 표현하는 발언을 할 때 칭찬한다. 앞서 말한 다른 친구의 발언과 조금 다른 내용을 보태었을 때 칭찬한다.

발언의 대중성보다는 발언의 희소성에 대해 코칭한다.

독서토론을 진행하다 보면 짐작 가능한 발언들만 나오는 경우가 있다. 앞서 다른 토론자의 말을 그대로 반복해서 하는 경우도 있다. 이럴 때에는 좀 더 다른 의견이 나올 수 있도록 후속 질문을 던지거나 발언과 연결되지 않은 논제의 핵심 키워드를 던져야 한다. 그렇게 되면 이전과는 다른 시각의 발언이 나온다. 기존 토론과 좀 다른 방향으로 나아가게 하는 발언일 때 칭찬한다. 그리고 이에 덧붙여 계속 토론이 진행되도록 북돋워준다.

어린 학생들일수록 엉뚱한 발언이 나오기도 한다. 심하면 토론의 논제와 어긋나는 방향으로 나갈 때도 있다. 그럴 때에도 지적은 금물이다. 모든 발언이 다 수용된다는 것을 교사의 태도로 보여줘야 한다. 논제와 어긋나는 발언일 때, 아이들의 장난 섞인 대답일 때, 교사는 칭찬을 줄이고 논제의 핵심 키워드를 다시 언급해서 토론을 제자리로 돌려오도록 한다. 이런 교사의 역할을 대신해 적절하게 발언을 하는 아이에 대해서는 저절로 칭찬하는 말이 나오게 된다.

발언 내용뿐만 아니라 발언하는 형식에 대해서도 코칭한다.

대상 도서에 따라, 구성된 논제에 따라, 참여자들의 성향에 따라 비슷비슷한 내용의 발언이 계속 나오기도 한다. 같은 내용의 발언을 칭찬하기 어려울 때는 발언의 형식, 태도를 살펴보는 눈도 필요하다. 전체 참여자들에게 잘 들리는 성량, 너무 빠르지도 늦지도 않은 말의 속도, 알아듣기 쉽고 단정한 마무리가 돋보이는 발음, 말할 때 진행자뿐 아니라 토론자들에게도 시선을 맞추는 태도 등 발언의 형식에 대해서도 세세히 살펴 칭찬하도록 한다.

때로는 발언이 없어도 칭찬할 수 있다.

독서토론에 처음 참여하는 경우, 공간도 참여자도 낯선 상황에서 내향적인 성향의 아이들은 좀체 입을 떼지 않는다. 이런 토론자들도 어쩔 수 없이 발언해야 하는 시간이 있다. 책 읽은 소감을 말할 때와 토론 참여 소감을 말할 때이다. 교사는 이 기회를 놓치지 않고 발언을 주의 깊게 듣고 칭찬할 점을 찾는 게 중요하다. 이때조차 발언을 꺼리는 경우도 있다. 이럴 때에는 강압적으로 발언을 계속 유도하지 않는다.

그리고 학생의 태도 자체를 칭찬할 수 있다. 누군가 발언할 때 고개를 끄덕여 공감의 표시를 했고, 인상적인 장면을 말할 때 직접 해당 페이지를 펼쳐서 눈으로 읽었으며, 선택논제를 진행할 때 마음의 결정을 내리고 진행자가 잘 볼 수 있게 결정된 대로 손을 들어 잘 표현해주었다는 것 등 토론 시간 내내 말이 없었더라도 태도 자체로 열심히 토론에 참여하고 있었음을 짚어주는 코칭을 해줄 수 있다.

생동감 있는 토론이 되도록 교사는 토론 발언 코칭을 염두에 두며 좀 더 진솔한 코칭을 위해 관찰력, 기억력, 민첩성, 표현력 등을 길러야 하겠다. 그러나 이런 능력보다도 가장 우선되는 것은 당연히 책과 학생들에 대한 애정이라고 할 수 있다.

언제나 진심은 통한다

교사가 열심히 책통아 수업을 준비했더라도 실제 수업에서는 예상치 못한 문제가 발생할 수 있다. 교사가 미리 자신의 장점과 특기를 파악하는 것이 중요하다. 자기만의 장점과 특기가 돌발 상황의 파도를 넘을 도구가 될 것이다. 여기에서는 수업 시간에 발생할 수 있는 돌발 상황 몇 가지만 살펴보도록 하자.

토론 시간에 학생들이 잡담을 하거나 장난칠 때

처음 만난 아이들은 서로 어색하기에 조용하다. 첫 수업에는 이런 어색한 분위기를 깨는 진행자의 유머러스함이 필요하다. 학생들 앞에서 먼저 허물없는 모습을 보여주며 딱딱한 교사가 아님을 어필한다. 그러나 부드러움만으로는 통하지 않을 때가 온다. 몇 번의 토론을 하고 나면 서로 친해지고 단짝도 생겨 점차 토론 시간에 떠드는 경우가 생긴다. 이럴 땐 카리스마를 발휘해야 한다. 아이들의 목소리보다 더 큰 소리를 낼 필요는 없다. 다만 독서토론의 키를 잡고 있는 것이 진행자임을 주지시키는 단호함, 침착함, 권위를 인식시키는 것이 중요하다. 눈빛, 목소리, 표정, 규칙 등 저마다의 방식이 있을 것이다.

토론자들의 발언이 나오지 않을 때

우선 논제지의 마지막 질문을 한 번 더 던진다. 그리고 기다린다. 토론자들의 입에서 선뜻 발언이 나오지 않을 때는 잠시 기다려준다. 3초, 5초의 시간 감각을 진행자가 몸소 지니는 것이 좋다. 5초 이상 침묵이 진행될 경우에는 논제문의 질문을 좀 더 다른 각도로 물어본다. 논제문의 질문에서 파생될 만한 여러 개의 후속 질문 또는 곁가지 질문들을 더 준비해두었다가 던지는 방식도 필요하다. 다만, 억지로 아이들에게 발언을 강요하지는 말자. 이는 이후의 토론을 망치는 치명적인 행위가 될 수도 있다. 차라리 다음 논제로 넘어가는 것이 좋다.

독서토론 도서를 읽지 못했을 때

책통아에 참여하는 아이들은 대부분 책을 다 읽고 온다. 두 번, 세 번 읽고 오는 경우도 있다. 그러나 고학년이 될수록 책 읽을 시간이 나지 않아서, 시험과 겹쳐서, 피치 못할 사정으로 책을 읽지 못하고 오는 학생들도 있다. 당황하지 않아도 된다. 사정상 책을 읽지 못한 토론자도 고려해서 진행하는 것이 비경쟁 독서토론의 취지이다. 다만, 안 읽고 온 학생들이 과반수를 넘을 경우에는 책의 전체 내용을 토론 시작 전에 브리핑해줘야 한다. 이 때 진행자의 사견이 개입되지 않도록 주의하고 책에 대한 평가를 하지 않도록 주의한다. 또 너무 긴 시간을 할애해서 책 내용을 전달하지 않도록 주의한다. 북 브리핑 시간은 통상 3~5분 정도가 적당하다. 논제지에 논제문과 관련된 발췌문이 항상 등장하므로 지나치게 자세히 소개할 필요가 없다.

유아의 경우

책통아에는 '유아반'이라고 부르는 7세반이 있다. 이 아이들도 독서토론을 한다. 유아들과 함께 독서토론을 진행할 때 주의할 점이 몇 가지 있다.

우선, 7세는 아직 한글을 정식으로 배우지 않은 단계의 아이들이다. 우리나라 누리과정에서는 미취학아동에게 한글을 가르치지 않는 것을 기본 원칙으로 한다. 책통아에서는 이를 존중하여 아이들이 글을 읽지 못한다는 전제 하에 토론을 진행한다. 수업 시간에 직접 페이지를 넘겨가며 읽어주고, 논제에 해당하는 그림을 펼친 후에 논제도 구두로 진행한다. 물론 많은 아이들이 학교에 들어가기 전에 한글을 읽고 쓰지만, 아직 글자 읽기에 완벽하지 않은 아이들도 있기에 글자 읽는 것을 당연하게 여기지 않도록 주의한다.

유아와 함께 독서토론을 진행할 때 두 번째로 주의할 점은 아이들의 짧은 집중력이다. 7세 아동이 50분 동안 한 자리에 그림같이 앉아 있을 것이란 기대를 버린다. 아이들의 집중력은 3분이라고 생각하는 것이 좋다. 논제를 진행할 때에도 한두 어린이가 발언하고 나면 그 다음 어린이는 손을 들었더라도 어떤 논제였는지, 본인이 무슨 말을 하려고 했었는지 잊는 경우가 빈번하다. 무한히 반복하고 무한히 기다려주는 자세가 필요하다.

세 번째로 아이들이 아직 대근육 소근육 발달이 완전하지 않아 자기 몸을 움직이는 데에 익숙하지 않다는 점을 기억해야 한다. 아이들은 수시로 색연필을 바닥에 떨어뜨리고, 자기 책을 펼치다가 모서리로 옆자리의 친구를 찌르고, 물을 엎지른다. 보조교사가 한 명이라도 있으면 이런 우발적인 사건들을 금방 수습하고 독서토론에 집중하도록 만드는 데에 도움이 된다. 유아반은 진행자와 보조교사가 짝을 이루어 진행하는 것도 한 방법이다.

초등학교 저학년의 경우

초등 저학년에서 주의해야 할 점은 '짝꿍'이다. 처음에는 서먹한 사이였더라도 토론의 회를 거듭할수록 서로 친해지는 아이들이 생겨난다. 친해진 아이들끼리 시너지 효과를 발휘하여 더 돈독하고 활기찬 토론 분위기가 펼쳐지는 경우도 있지만, 친해진 아이들이 합심해서 토론의 분위기를 흐릴 때도 있다.

논제와 연관이 적은 발언에 대해 친한 아이가 꼬리를 물고 연관성이 더 적은 발언을 하기도 하고, 그것을 우스갯소리로 연결지어 논제와 먼 쪽으로 발언이 계속 나가는 경우들이 있다. 또 논제에 대해 발언권을 얻어 의견을 이야기하는 것이 아니라 친해진 '짝꿍'끼리 속삭이며 의견을 주고받는 경우도 생길 수 있다. 게다가 '짝꿍'끼리 짓궂은 장난을 치다가 진짜로 서로 마음이 상하는 경우도 생긴다.

이 모든 경우를 미연에 방지하는 방법 중 하나는 학생들의 앉을 자리를 교사가 미리 이름표로 정해주는 것이다. 앉는 자리는 매번 바뀔 수 있고, 학생들에게 자리 선택권을 주는 것보다 교사가 이를 주관하는 것이 좋겠다. 학생들의 친밀도, 발언 시의 성량, 수업 중의 산만한 태도 등을 교사가 파악하고 교사 가까이에 앉힐 학생들, 서로 떨어져 앉힐 관계 등을 고려하여 자리를 배정하도록 하자.

초등학교 고학년의 경우

초등 고학년과 함께 토론할 때 염두에 둘 점은 '대접'이다. 사춘기에 진입하는 시기로, 발육이 빠른 아이들의 경우에는 교사보다 키가 더 큰 경우도 빈번하다. 스스로도 자아에 대한 생각이 많아지는 때이니 이때부터는 학생을 한 개인으로 인정하고 받아들이고 존중하는 자세가 필요하다.

가장 쉽게 할 수 있는 것은 '존대어'이다. 주변에서 거의 존댓말을 해주지 않는 경우 토론에서 존대어를 듣는 것은 때로 긍정적 효과를 준다. 교사가 먼저 존댓말을 써서 자신들을 대하면 본인들이 그런 대접을 받을 만한지 학생들 스스로 자기 몸가짐이나 어투를 돌아보게 된다. 학생들끼리도 토론 시간만큼은 서로 존댓말을 써보도록 유도하는 것도 좋다. 자연스럽게 토론시간과 쉬는 시간을 분리하는 효과도 얻을 수 있을 것이다.

중고등학생의 경우

책통아 프로그램에서 중고등학생에게 가장 큰 장애물이 하나 있다. 바로 '내신', '수행평가', '시험'이다. 책 읽기, 토론하기를 정말 즐기고 좋아하는 아이들도 이 장애물을 넘어 책통아 프로그램에 출석하는 것은 정말 어렵다. 학생 본인의 의지도 확고해야 하지만, 무엇보다도 부모님의 공감대가 형성되어야 가능하기 때문이다. '성적', '입시'와 연결되는 부분이기에, 현실적으로 부딪치는 벽이라고 하겠다.

책통아 프로그램 참여 학생들이 같은 학교, 같은 학군, 같은 시험기간을 거치는 것이 아니기 때문에 이 시기에는 출석률이 저조할 수 있다. 책을 다 읽어오지 못할 수도 있다. 때로는 출석했지만 고된 학업으로 정신이 흐리거나 졸 수도 있다. 이때 필요한 것은 교사의 '무딤'이다. 상처받지 않는 마음, 그럴 수도 있다는 포용력, 어쨌든 지금 이 순간 함께하고 있는 참여자들에게 집중하고 주어진 시간을 최대한 즐겁게 보내려는 마음가짐이 필요하다. 참여만으로도 학생들은 지금 최선을 다하고 있으니, 교사 또한 그 자리에서 최선을 다해야 한다.

이런 세세한 팁도 중요하지만 가장 중요한 것은 교사의 '태도'이다. 언제나 진심은 통한다. 아이들에게 평가하지 않는, 조언하지 않는, 진심 어린 칭찬을 하는 '어른'을 만나는 기회는 흔치 않다. 진행자가 이런 태도를 가지고 있다면 아이들은 교사를 배척하지 않는다. 결국 독서토론을 하는 시간 동안 우리는 아이들에게 지식을 전달하는 주체가 아니다. 그저 평등한 관계에서 서로의 이야기를 진심으로 들어주는 역할만으로도 충분하다는 것을 기억하자.

4장

나만의 관점을 담은 글쓰기

_김신

아이들은 왜 글쓰기를 싫어할까?

"학교에서 글쓰기 지도를 받아본 적이 거의 없는 것 같아요. 초등학교 때는 좀 있었던 것 같은데, 중학교 와서는 수업시간에 글쓰기에 대해 배우는 시간이 거의 없어요. 수업 진도 나가기도 바쁜 거 같아요."

"저희 학교 선생님은요. 그냥 쓰라고 하세요, 무조건. 책 읽은 내용도 잘 정리가 안 되고, 느낀 걸 어떻게 써야 할지도 모르겠는데… 그래서 잘 못 쓰겠어요."

책통아에 오는 중학생 아이들에게 학교에서 하는 글쓰기는 어떤지 물어보면 돌아오는 대답은 비슷하다. 아이들 입장에서는 '어떻게 쓸 것인지'도 막연한데, '무조건 쓰면 된다!'는 말은 부담을 가중시킨다는 것으로 이해할 수 있다. 사실 학교만 탓할 수는 없다. 한 반에 수십 명의 학생들을 대상으로, 체계적으로 글쓰기 교육을, 그것도 시간적 여유를 가지고 진행하기란 불가능에 가까운 일이다. 학교 선생님들에게도 글쓰기 교육과 평가는 늘 쉽지 않은 문제다.

'쓴다'는 건 생각보다 어렵다

내가 신도시의 한 중학교에서 국어교사로 근무하던 시절의 일화다. 당시 수행평가가 지필고사와 함께 성적에 반영되면서, 수행평가의 중요성이 강조되고 있었다. 교과목별로 다양한 수행평가가 실시되었는데, 국어교과는 말하기, 쓰기 위주로 진행되었다. 말하기는 '자유 주제로 3분 스피치하기' 등 무난하게 할 수 있었다. 그런데 아이들이 싫어하는 쓰기 수행평가를 어떻게 할 것인지가 문제였다. 교사들 사이에서 다양한 의견들이 나왔으나 최종적으로 독서감상문을 쓰거나, 자유 주제로 수필 쓰기를 하기로 결정했다.

최대한 아이들을 배려하기 위해 교사들 사이에서는 암묵적 합의가 있었다. 그것은, '내용과 상관없이 수행평가 용지(A4)의 3분의 2만 써도 기본 점수를 주자'였다. 말하기 수행평가는 그럭저럭 하지만, 쓰기 수행평가를 힘들어하는 아이들이 많은 상황을 고려한 것이었다. 사실 교사로서, '분량 채우기'가 아이들에게 유의미

한 교육 경험이 되지 못한다는 것을 알면서도 어쩔 수 없는 선택이었다.

그런데 놀라운 사실은 그런 상황에서도 백지를 제출한 학생이 꽤 있었다는 것이다. 글을 못 쓰고 있는 아이들에게 넌지시 3분의 2 분량만 채우라고 말해주었지만 백지 제출을 막지 못했다. 글쓰기는 학교 현장의 교사들에게도, 학생들에게도 해결하기 어려운 문제가 아닐 수 없다.

독서감상문을 쓰기 좋아하기보다 부담스러워하는 아이들이 훨씬 많다. 자발적 동기에 의해 즐겁게 쓰기보다는, 타의에 의해 억지로 써야 하는 상황이 더 많기 때문이다. 이런 부담은 아이들에게 글쓰기에 대한 부정적인 정서를 심어준다.

보통 독서감상문을 지도할 때 '책 내용을 요약하고, 느낀 점을 쓰라'고 하는 경우가 많다. 글쓰기에서 '무엇'에 해당하는 요소이다. 그런데 아이들에게는 읽은 책의 내용을 요약하는 것 자체가 넘기 힘든 관문이다. 내용을 요약한다는 것은 핵심을 간추리고, 구조를 파악하는 것이라 할 수 있는데 이 과정을 스스로 해본 아이들은 많지 않다. 요약이란 생각보다 간단하지 않다.

① 중요한 내용과 덜 중요한 내용을 구분하여, 중요한 것만 추리기

② 추린 내용을 일정한 맥락(주제, 저자의 의도 등)으로 재구성하기

이처럼 요약한다는 것은 아이들에게 능동적, 적극적인 사고방식을 요구하고 텍스트를 통합적으로 보는 관점을 요구한다. 그러나 학교의 수동적 학습 환경에 익숙해진 아이들에게는 무리한 요구가 아닐 수 없다.

문학 작품의 경우 교사로부터 일방적으로 전달되는 내용을 이해하고 시험에 대비해 암기하는 경우가 대부분이다. 등장 인물, 사건, 배경, 주제 등 항목별로 나눠서 접근하다 보니 문학작품을 통합적 관점으로 보는 안목도 기르기 쉽지 않다.

비문학의 경우도 글의 구조와 전개 방식, 표면적 주제와 이면적 주제, 저자의 의도 등을 스스로 생각해볼 수 있는 기회가 많지 않다. 그러다 보니 주체적으로 텍스트를 해석하고 느끼고 분석하는 자체가 귀찮고 힘들고 어렵다. 뻔하고 흔한 이야기지만 주입식 교육의 문제점이다.

정답 찾기가 아니라 생각하기

책을 읽고 '느낀 점을 쓰기'도 쉽지 않다. 책을 읽고 나면 1차 반응은 말할 수 있다. 재미있다, 재미없다. 잘 읽힌다, 잘 읽히지 않는다. 지루하다, 어렵다 등. 표면적으로 아이들이 드러내는 반응이 있으니 그 느낌을 글로 쓰면 될 것 같지만, 그게 그렇게 말처럼 쉬운 문제가 아니다. 아이들은 단편적인 반응에서 한 걸음 더 나아가 글로 풀어내기를 어려워한다. 책으로부터 받은 느낌이나 반응에 대해 이유와 근거를 마련해보는 훈련(경험)을 해보지 않았기에 막연하고 부담스럽다. 그런 상황에서 억지로 쥐어짜내야 하니 독서감상문은 점점 더 쓰기 힘들고, 귀찮고, 멀게 느껴진다. 책을 읽고 느낌 점을 쓰기 위해서는, 무엇보다 아이들이 각자의 개성에 따라 스스로 감상하고 해석하는 경험이 쌓여야 한다.

중학교 국어교과서, 고등학교 문학교과서 등에 실려 있는 현진건의 『운수 좋은 날』을 예로 들어보자. 1924년에 발표된 이 작품은 인력거꾼 김첨지의 하루를 그린 작품이다. 비 오는 날, 손님이 끊이지 않아 평소와 달리 돈을 많이 벌게 된 김첨지. 병든 아내가 그토록 먹고 싶어하던 설렁탕을 사들고 가지만, 아내는 이미 숨을 거둔 뒤였다.

교실 수업에서는 인물, 사건, 배경 등을 분석하고 작품의 주제로 '일제강점기 하층민의 비극'을 제시한다. 이 주제는 거의 고정적이고 화석화된 형태다. 아이들은 『운수 좋은 날』에 대해 스스로 감상해볼 기회도 없고, 수업에서 배운 내용에서 벗어나 작품에 대해 스스로 생각해보려 하지도 않는다. '운수 좋은 날'이 사실은 '운수 나쁜 날'이라는 반어적인 표현이며, 아내의 죽음으로 끝나는 비극이란 것만 머리에 남는다. 아이들이 독서감상문을 쓴다면 그 내용에서 벗어나기 힘들다.

작품을 잘 살펴보면 굳이 '일제강점기'라는 단어가 주제에 포함되어야 하는지도 의문이다. 시간적 배경만 일제강점기에 해당할 뿐, 등장인물들이 일제에 핍박받거나 저항하는 모습은 그려지지 않는다. 아이들이 먼저 주제를 생각해보기 전에 '일제강점기'라는 사실을 강조하면 일제강점기에 쓰인 작품은 무조건 일제와 관련된다고 생각하는 고정관념으로 이어지기 쉽다.

『운수 좋은 날』에는 앞에서 언급한 내용 말고도 아이들이 생각해볼 거리들이 꽤 있다.

· 인생에서 만나는 행운과 불행에 대해서
· 언제 마주칠지 모르는 행운과 불행
· 운이 좋다는 것이 꼭 좋기만 한 것인지
· 행운이 오히려 사람을 더 불안하게 하지는 않는지
· 불안한 마음이 들면서도 집으로 빨리 돌아가지 못하는 인물의 심리
· 어느 날 나에게 예상치 못한 행운이 온다면 어떤 기분일지, 어떻게 행동할지

생각해볼 만한 화두가 많이 있지만, 교실 수업에서 (시험에 대비하기 위해) 필요한 내용은 다 배웠으니 굳이 다른 내용들은 생각해보려 하지 않는다.

아울러 주인공 김첨지의 행동과 심리에 대해서도 생각해 볼 기회를 접하기 어렵다. 돈을 벌었으면 약을 사든, 설렁탕을 사든 얼

른 집에 가야 하는데 왜 술집으로 갔는지. 술을 마시느라 집에 늦게 가는 심리(뭔가 불안한 마음에 쫓기면서도), 돈을 벌어서 평소에 못 먹던 음식을 마음껏 먹으면서도 돈을 팽개치며 화를 내는 심리 등에 대해서도 스스로 생각해보기 힘들다. 인물의 행동과 심리에 대해 이해가 되든, 되지 않든 여기서 쓸 내용을 이끌어낼 수 있는데, 그런 부분들에 대해 생각해볼 기회가 없으니 '느낀 점'을 찾기도 어렵고, 생각을 정리하기도 쉽지 않다.

글쓰기의 두려움

글쓰기는 성인들에게도 부담스럽다. 막연한 두려움이 발목을 잡는다. 글쓰기가 '하늘의 별 따기'만큼이나 어렵다고 호소하는 성인들도 많다. '글은 재능 있는 사람이 쓰는 것이며, 재능을 타고나지 않은 사람에게 글쓰기는 고통스럽다'는 벽이 버티고 있어 글쓰기는 어렵기만 하다.

글을 쓰면서 지나치게 다른 사람의 눈치를 보기도 한다. 내 글을 누군가가 지켜보고 있다는 생각이 들면 불안하고 긴장되면서 자신이 쓰고 싶은 글을 쓰지 못한다. 타인의 시선을 의식하는 행위는 글쓰기에서 십중팔구 '자기검열'로 이어진다. '이렇게 쓰면 이상하지 않을까? 내 글을 보고 비웃지는 않을까?'하는 부정적인 생각에 갇히면 글은 한 발짝도 나아가지 못한다.

'시작이 반'이라는 생각에 첫 문장을 잘 써야 한다는 부담도 글쓰기를 어렵게 만든다. 인상적인 도입부를 쓰려고 고민하다가 정작 하고 싶은 말은 쓰지도 못하고 놓치는 경우가 많다.

한 번에 글을 쓰고 끝내려는 생각도 문제다. 아무리 훌륭한 작가라도 단번에 완벽한 글을 써낼 수 없다. 헤밍웨이는『노인과 바다』를 200번 이상 다시 썼다. 한 번에 쓰고 끝내겠다는 생각은 고쳐쓰기(퇴고)에 대한 부담이 작용하기 때문이다. 안 그래도 쓰기 힘든 글을 두 번, 세 번 고치자니 엄두가 나지 않는다.

아이들에게도 글쓰기의 어려움은, 앞서 언급한 내용들과 비슷하다. 문제는 아이들이 체계적인 글쓰기를 배워야 할 시기에 제대로 된 지도를 받을 수 없다는 것이다. 아울러 자발적인 글쓰기보다, 타의에 의한 글쓰기, 평가를 받아야 하는 글쓰기를 억지로 하다 보니 글쓰기가 스트레스가 된다는 점도 한몫한다. 자기 생각을 표현하고 확장하는 즐거운 글쓰기의 경험이 없다 보니 글쓰기는 어렵고 부담스러운 것으로 남게 된다.

뭘 어떻게 써야 할까?

책통아 수업은 독서토론을 거쳐 글쓰기로 마무리된다. 함께 읽고 토론하면서 나눈 다양한 의견들, 책에 대해 더 깊어진 생각들을 글쓰기로 정리하고 확장하는 시간이다. 토론에는 적극적으로 참여했지만, 글쓰기 시간에는 소극적으로 변하는 아이들이 많다. 일부 아이들은 애교 섞인 불만을 드러내기도 한다. 꼭 글을 써야 하는지, 꼭 써야 한다면 어느 정도까지만 쓰면 되는지 등 이런 저런 목소리들을 낸다. 최소한의 분량만 쓰기 위해 다양한 이유들이 제시되는데, 그 중 가장 많은 이유는 '뭘 써야 할지 모르겠다'는 것이다. 일요일에 학당까지 와서 책통아에 참여하는 '의지'를 지닌 아이들에게도 글쓰기는 여전히 쉽지 않은 일이다.

글쓰기는 큰 틀에서 접근했을 때 '무엇을, 어떻게 쓸 것인가?'의 문제를 해결하는 것이 가장 중요하다. 아이들이 '무엇을 쓸 것인가'와 '어떻게 쓸 것인가'를 해결할 수 있도록 교사는 도움을 주어야 한다.

글쓰기를 위한 몇 가지 질문

'뭘 어떻게 써야 할지 모르겠다'고 말하는 아이들에게 보여주는 글이 있다. 2016년 하반기 중등반에서 한 여학생이 『시인 동주』(안소영 지음, 창비, 2015) 독서토론을 마치고 쓴 글이다.

윤동주는 촛불이었다

① 윤동주문학관에 다녀오고 나서부터 나는 윤동주의 광팬이 되었다. 시집을 사고 필사해보기도 했다. 그 후 영화 〈동주〉가 개봉했다. 마침 교회 목사님께서도 윤동주의 시를 좋아한다고 하셔서 친구들 몇 명과 함께 영화를 봤다. 같이 간 친구들의 절반은 잤지만 목사님과 나는 펑펑 울면서 나왔다. 그리고 목사님께서는 나에게 이 책 『시인 동주』를 추천해주셨다. "네가 마음에 들어 할 거야"라고 보장까지 하시면서. 목사님의 예상은 들어맞았다. 이 책을 완독하자마자 뼈저리게 후회했다. 왜 진작 이 책을 읽지 않았을까. 그리고는 두 번이나 더 읽었다.

2 이 책은 말 그대로 시인 윤동주 일생을 말하고 있다. 고향과 학교, 유학과 감옥 그리고 죽음. 참 짧지만 슬펐고, 아름답지만 안타까운 한 젊은이의 일생을 사실적으로 표현했다. 하지만 인물의 감정 표현은 얼마나 서정적인지! 내가 이 책에 반한 가장 큰 이유이다.

3 책에서 말하고 있는 윤동주라는 인물은 초와 같았다. 가느다란 심지에 의지에 하늘하늘 타올라 언제 꺼질지 모르지만 주위를 밝히는 그런 초. 그의 인생도 초와 같이 일찍 끝났지만 그의 시는 빛이 되고 연기가 되어 우리 가슴속에 남아 있다.

4 이 책을 읽기 전부터 윤동주를 좋아하긴 했지만 이 책을 읽고 난 후에 내 생각은 좀 달라졌다. 그전에는 '안타깝다, 아름답다' 이 정도의 단순함이었다면 지금은 '윤동주와 그의 시는 그 시대를 묵묵히 밝힌 촛불이었다'이다. 적어도 이 책을 읽었다면 우리는 결코 윤동주와 그의 시를 가벼이 여겨서는 안 될 것이다. 왜냐하면 윤동주는 과거에도 그랬고 오늘날에도 우리에게 소중한 촛불이기 때문이다.

이 글은 아이들에게 '무엇을, 어떻게 쓸 것인가?'를 안내하는 데 참고가 된다. 먼저 아이들에게 글을 읽힌 다음 세 가지 질문을 던지고 그에 대한 답을 하게 한다.

① 글의 흐름을 따라가면서 어떤 요소들이 있는지 생각하기

② 글에서 아쉬운 부분이 있다면?

③ 글에서 가장 인상적인 부분은?

아이들은 ①번에 대해서 어렵지 않게 '책을 읽은 계기, 책 소개, 책을 읽고 느낀 감상의 표현' 등의 요소를 찾아낸다. 이때 방금 글에서 찾아낸 요소들이 바로 글쓰기에서 활용할 '무엇'에 해당함을 알려준다. 이런 흐름에 따라 자신이 읽은 책에 대한 감상을 쓸 수 있다는 자신감을 불어넣어준다.

②번 항목에 대해서는 대부분 문단 2를 언급한다. 왜 그런지 물어보면 '책이 윤동주의 일생을 말한 것은 알겠는데, 어떤 내용인지는 잘 모르겠다'는 대답을 한다. 그러면 책의 중심 내용을 잘 전달하기 위해서, 어떻게 보완하면 좋을지 다시 물어본다. 소설의 경우 '주인공을 중심으로 어떤 이야기가 전개되는지'에 초점을 맞출 것을 조언한다. 그리고 자신이 소개한 내용이 책을 안 읽은 친구에게도 잘 전달될 수 있는지 스스로 점검해보기를 지도한다.

③번 항목에 대해서는 문단 3, 4를 언급한다. 해당 문단이 제목과도 잘 어울리고, 윤동주를 왜 '촛불'에 비유했는지 공감이 간다는 것이다. 일반적으로 아이들이 독서감상문을 쓸 때 '000을 읽고' 이런 식의 제목을 붙이는데, 제목만 다르게 붙여도 글에 대한 인상이 달라진다는 것을 지도한다. '윤동주는 촛불이었다'는 어렵지 않은 비유법이지만, 책을 읽고 느낀 단상을 적절하게 잘

표현했다는 점을 강조한다.

학생들에게 또래가 쓴 글을 보여주면서 좋은 점과 아쉬운 점을 같이 분석하면, 자기가 쓸 글에 대해 자신감을 가질 수 있는 계기가 된다.

토론 후 글쓰기의 장점

"책통아에 와서 글쓰기를 하면 잘 돼요. 학교에서 하는 글쓰기는 억지로 하는 경우가 많은데, 책통아에서는 쓸 내용도 많이 생각나고, 내 생각을 쓸 수 있어서 좋아요."

책통아에서 글쓰기가 잘 되는 이유를 물으면, 같은 책을 읽고 토론하는 시간이 도움이 되었다는 대답을 많이 한다. 토론 때 친구들 앞에서 발표했던 내용, 다른 친구들이 발표한 내용 중에 기억에 남는 의견 등을 잘 기억해두었다가 글쓰기에 활용할 수 있다는 것이다. 위의 글을 쓴 학생도 마찬가지였다.

『시인 동주』 토론 시간에 주어진 논제에 대해 발언하면서 "일제 강점기 다른 시인들은 친일 행위를 했지만, 윤동주는 묵묵히 우리말로 시를 썼다. 그 모습이 마치 어둠을 밝히는 촛불처럼 느껴졌다"는 의견을 밝혔다.

토론을 마치고 글쓰기 시간에 자신이 했던 발언들을 떠올리면서 윤동주를 어떻게 표현할 수 있을지 생각을 정리해보니 역시

'촛불'이라는 단어가 제일 마음에 들었다고 했다. 한 걸음 더 나아가 생각해보니 윤동주가 그 시대에도 촛불 같은 존재였지만, 오늘날의 독자들에게도 촛불과 같은 존재라고 생각해서 그렇게 글을 마무리한 것이었다.

이러한 예를 들어주며 아이들에게 토론 시간에 했던 발언들을 메모해두었다가 그 내용을 바탕으로 쓰면, 글쓰기에 대한 부담도 덜고, 생각을 정리하고 확장할 수 있음을 이야기해준다.

귀찮기도 하지만, 재밌기도 해

2017년 하반기 책통아 수업 첫 시간에 중학교 1, 2학년 아이들이 '글쓰기가 좋은(또는 어려운) 이유'에 대해 쓴 글이다.

"전 글쓰기가 좋아요. 내 생각을 명확하게, 막연하던 것을 잡아꺼낼 수 있고, 내 삶의 일부 그리고 나의 마음속 상처, 행복을 꺼낼 수 있어서 좋아요."

"난 독후감 쓰기가 좋지도, 싫지도 않다. 처음에 독후감을 쓰라고 하면 하기 싫다는 생각이 먼저 든다. 그런데 생각나는 대로 천천히 쓰다 보면 내 마음을 잘 이야기할 수 있고, 점점 재미를 느끼기도 한다. 그래서 독후감 쓰기가 좋지도 싫지도 않다."

"나는 글쓰기가 싫다. 왜냐하면 말로 표현하는 건 약간 쉬운데,

글로 표현하면 약간 어렵기 때문이다."

"글쓰기가 좋은 이유는, 내가 생각이 많은데 그걸 바로 정리할 수 있기 때문이다. 일기를 꾸준히 써서 기록을 남기는데 나중에 생각해볼 수 있어서 좋을 것 같다. 그런데 글쓰기가 귀찮기도 하다. 일단 너무 귀찮고, 글을 쓰다 보면 여기 갔다, 저기 갔다, 무슨 내용인지 잘 모를 때도 있다."

"글쓰기는 좋지만, 지금은 그냥 쓰기 귀찮다."

"사실 글쓰기가 좋은지 싫은지 잘 모르겠다. 그럼에도 싫은 편이라고 생각하는 이유는, 나는 원래 어릴 때는 글쓰기를 좋아했고 잘했었다. 옛날엔 부모님이 핸드폰을 안 사주셔서 보통 학교가 끝나면 집에 와서 책만 보다가 밥 먹고 책 보다가 자는 게 일상이었다. 그래서 어휘력도 좋은 편이었고 글쓰기도 나름 잘했다. 하지만 핸드폰이 생겼을 때부터 책은 멀어져갔고 글쓰기에 대한 자부심이 없어지면서 글쓰기를 좋아하지 않게 되었다."

아이들은 '글쓰기가 어렵다'만큼이나 '글쓰기가 귀찮다, 싫다'는 반응을 보인다. 독서토론을 통해 '무엇'에 해당하는, 쓸 내용은 마련했으나 막상 글쓰기는 귀찮은 행위라는 것이다.

컴퓨터나 스마트폰에 익숙해져서 마우스 클릭이나 화면 터치가 더 편하게 느껴지는 요즘 아이들에게 손으로 직접 쓰는 행위가 불편한 것은 당연하다. 글쓰기 시간에 몇 분 정도 쓰고는 손이 아프다고 호소하는 아이도 있다. '손으로 쓰는 귀찮은 행위'를 넘어서는 글쓰기의 즐거움을 맛볼 수 있는 경험이 필요하다.

토론하면 글쓰기가 쉬워진다

비경쟁 독서토론 후 글쓰기의 장점은 바로 토론 현장에 있다. 아이들은 독서토론 소감을 나눌 때 '나와 다른 생각을 듣는 재미', '내 생각을 정리하는 재미'를 빼놓지 않고 언급한다. 생생한 토론 현장이 갖는 생동감이 아이들의 생각을 자극하는 것이다. 그렇게 자극받은 키워드를 중심으로 글을 풀어낼 수 있다. 토론을 하지 않고 독후감이나 글쓰기를 하려면 혼자 끙끙대는 경우가 많지만, 토론을 통해 다양한 자극을 받으면 글쓰기의 부담을 덜 수 있다. 더 나아가 내 발언이 누군가의 글감이 될 수도 있는 흥미로운 경험도 맛볼 수 있다.

독서토론 후 글쓰기는 교사에게도 부담을 덜어준다. 토론 때 아이들이 했던 인상적인 발언을 환기시켜주며 '아까 이런 이야기했었지? 그걸 바탕으로 이렇게 풀어가면 되겠네?'하면서 조언해주면 아이들은 곧잘 글의 줄기를 풀어내기 때문이다. 아이들에게는 토론하면서 자기가 발언했던 내용, 친구들의 발언 내용이 모두 글감이 될 수 있다고 지도한다. 아울러 토론을 통해 새롭게 알게 된 것, 깨닫게 된 것 또한 글감이 될 수 있음을 강조한다.

토론을 통해 글감 찾기

비경쟁 독서토론은 글쓰기에서 '무엇'에 해당하는 글감을 만들 수 있게 해준다. 책통아 수업을 듣는 초등학교 1~4학년 아이들에게 비경쟁 독서토론을 하고 글을 쓰면 어떤 점이 좋은지 물어보았다.

"내 생각과 책을 읽은 느낌을 정리할 수 있어서 좋아요."

"생각을 모을 수 있어서 재밌구요, 토론할 때 얘기 못했던 것들을 글로 쓸 수 있어서 좋아요."

"글을 써놓으면 나중에 다시 볼 수도 있고, 느낌이나 감정을 더 써서 작가의 생각에 내 생각을 더해서 정리할 수 있어요."

"친구들하고 토론하고 글을 쓰면 글쓰기 칸을 채울 수 있어요. 기분 최고에요!"

"토론 논제가 있어서, 생각 정리를 하기 쉬운 것 같아요. 생각했던 걸 하나하나 모아놨으니까 그걸 보면서 쓰면 글쓰기가 잘 돼요."

"토론을 하면 책에 대해서 느낄 수 있는 게 더 많은 것 같아요."

"퍼즐을 맞추면서 쓰는 것 같아요. 토론 때 얘기했던 것을 연결하면서 쓰면 더 쉬우니까 퍼즐 맞추는 것 같아요. 토론을 안 하고 쓰면 머리에서 뽑아내는 느낌이 들어서 어렵게 느껴져요."

비경쟁 독서토론을 통해 모아진 생각의 조각들은 좋은 '글감'이 된다. 이 글감들을 바탕으로 아이들은 즐거운 글쓰기를 할 수 있다. 여기에 책통아에서 느낄 수 있는 재미와 자신감이 동기부여 측면에서 중요한 역할을 한다. 책통아에 오는 아이들은 여타 독서토론 현장과는 다른, 책통아만의 분위기가 있다고 이야기한다. 중학생들의 토론소감이다.

"다른 데 독서토론 가면 서먹서먹한데요. 책통아도 처음엔 서먹서먹하고 그래요. 근데 시간이 좀 지나면 다른 데보다 편해져요. 그러면서 토론도 잘 되는 거 같아요. 여기는 여기만의 분위기가 있다는 생각이 들어요."

"엄마가 시켜서 억지로 오니까, 책통아 오기 싫을 때도 있어요. 그런데 막상 와서 하면 재밌어요. 그게 참 신기해요."

"친구들하고 토론하면서 여러 의견을 들으니까 좋았어요. 혼자 읽을 때는 별생각 없이 읽었는데 책통아에 와서 책이 더 재밌게 느껴졌어요. 친구들 생각이 비슷할 줄 알았는데 하나의 주제에 대해서도 이렇게 생각이 다를 수 있다는 게 너무 신기해요."

"다른 데서도 독서토론 해봤는데 책통아가 역대 최고였어요."

중학교 1학년 아이의 인생에 '역대'라는 단어가 얼마나 어울릴까 싶은 생각도 들었지만, 자신 있게 '역대 최고!'를 외치는 아이의 표정이 만족스러워보였다. 이러한 책통아만의 재미와 만족감은 글쓰기로 자연스레 연결된다. 토론 후 소감을 즐겁게 남기는 아이들에게 지금 그 느낌(만족감, 재미, 즐거움)과 생각을 글로 남기면 훨씬 더 의미 있는 경험이 될 수 있다고 이야기해준다.

논제를 바탕으로 글쓰기

"학교에서는 부담스러운데 여기서는 제 이야기를 받아들여주고 존중해주는 느낌이 들어서 좋았어요. 친구들이 공감해주고 잘 들어주니까 자신감도 생기고, 내가 발전할 수 있겠다는 생각이 들었어요."

친구들이 자신의 이야기를 진지하게 들어주는 경험이 아이들에게는 많지 않다. 자신의 발언을 경청한다는 느낌을 받으면 그 순간이 아이들의 뇌리에 각인된다. 자신이 했던 발언을 잘 기억할 수 있고, 그걸 기록으로 남기면 된다.

토론 중 가장 재미있었던 논제와 '기억에 남는 한마디'를 연결해서 한 편의 글을 쓸 수도 있다. 2017년 하반기 중등반 토론도서 중 『그림에 차려진 식탁들』(이여신 지음, 예문당, 2015)에서 아이들이 가장 재미있어한 논제는 '미래의 돌상'에 관한 것이었다.

자유논제

돌잔치의 하이라이트는 돌잡이라고 할 수 있습니다. 돌상에는 보통 돈, 실, 연필 등을 올리는 경우가 많은데 최근에는 청진기, 노트북 등을 올려놓기도 한다고 합니다. 과거에는 남자아이의 경우 쌀, 돈, 책, 붓, 먹, 두루마리, 활, 장도, 실타래 등을, 여자아이의 경우 쌀, 돈, 책, 붓, 먹, 두루마리, 바늘, 인두, 가위, 실타래 등을 놓아두었습니다.(p.172-3) 여러분이 부모가 될 미래에는 돌상에 어떤 물건들이 놓이게 될까요? 자유롭게 이야기 나누어주세요.

논제를 마주한 아이들의 다양한 의견이 쏟아졌다. 아이돌 가수를 꿈꾸는 사람들이 많으니 마이크는 반드시 들어갈 것 같다. 돌상이 없어지고 터치스크린으로 할 것이다. 미래에는 기술이 더욱 발달해서 100일, 6개월, 1년 단위로 아이의 뇌를 스캔할 것 같다. 그래서 소질과 적성을 파악한 후 진로를 결정해줄 것 같다 등. 흥미로우면서도 그럴 듯한 이야기들이 많았는데, 한 여학생의 의견이 인상적이었다.

"돈이 종류별로 놓일 것 같아요."

"응? 종류별로?"

"네, 천 원, 만 원, 오만 원이 있어서 오만 원을 잡으면 잘 살고, 천 원을 잡으면 못 살고… 뭐 그럴 거 같아요."

마음이 좀 무거워지긴 했지만, 아이들의 눈에 비친 우리 사회의 단면이라는 생각이 들었다. 한편으로는 '아이들에게도 시대를 읽어내는 눈이 있구나'하는 생각이 들었다. 아이들도 이 학생의 발언을 기억에 남는 한마디로 뽑았다.

토론이 끝난 후에는 논제에 대한 내 생각과 친구들의 다양한 의견을 반영하여 '돌상'을 주제로 과거와 현재의 돌상이 어떻게 변화했는지, 그 변화에 담긴 의미는 무엇인지, 미래의 돌상에는 어떤 물건이 놓일지 등을 연결해서 한 편의 완결된 글을 써보도록 했다. 굳이 전체 책의 내용을 다 언급하지 않더라도 하나의 키워드와 그것을 바탕으로 한 주제문으로 한 편의 글을 쓸 수 있도록 하면 아이들은 훨씬 부담이 덜한 상태에서 글을 쓸 수 있다.

무엇을, 어떻게 쓸 수 있는지 안내해주면 아이들은 자신만의 개성이 담긴 글을 곧잘 써낸다. 그날 한 학생은 「돌상, 금수저 줄까? 흙수저 줄까?」라는 제목으로 한 편의 글을 완성했다.

사고의 확장, 글쓰기로 연결

요즘 아이들의 말과 글은 지극히 단편적인 경우가 많다. '대박'과 '헐!' 두 단어로 모든 의사표현이 가능할 정도다. 제한적인 어휘만 사용하다 보니 사고 역시 단편적이 되고 호흡이 짧아진다. 그러다 보니 긴 호흡의 사고를 힘들어하는 경우가 많다.

이러한 문제는 비경쟁 독서토론을 통해서 보완할 수 있다. 토론을 하려면 자연스레 평소보다 호흡이 긴 문장으로 발언해야 하는데 그렇게 하다 보면 사고의 호흡이 길어진다. 토론 논제를 바탕으로 다양한 의견들이 모여서 생각의 덩어리가 되고, 자신의 생각과 친구의 생각이 합쳐지면서 긴 호흡의 사고가 가능해진다. 이렇게 생성된 사고의 내용을 글로 옮기면 된다. 이러한 효과는 2018년 상반기 책통아를 종강하는 날 중학교 2학년 남학생의 소감에서 확인할 수 있었다.

"생각을 하며 살 수 있게 된 거 같아요."

"응?"

"책통아 수업하면서 느낀 게, 전에는 제가 생각 없이 살았다는 거였어요. 그런데 지금은 친구들과 함께 책을 읽고, 토론하고, 글쓰기 하면서 '생각'이라는 걸 하게 된 것 같아요. 예전에는 그냥 머릿속에 떠오르는 대로, 별 생각 없이 말했다면, 지금은 친구들 앞에서 의견을 얘기해야 하니까, 이 생각이 괜찮은 건가? 이 주제에 어울리는 말인가? 하는 생각을 하게 되더라구요. 그러면서 제가 하는 생각에 대해서 '생각'을 해보게 된 것 같아요.

그리고 저랑 같은 의견이든 다른 의견이든, 듣다 보면 머릿속에 계속 뭔가가 떠올라요. 그런 것들을 토론 끝나고 글로 쓰니까, 정리가 되는 느낌이 들어서 뿌듯했어요. 독서토론을 하면서 '생각'을 하게 된 거. 그게 제일 좋았어요."

때로는 너무 산만해서 주의를 받았던 아이의 소감이었다. 처음엔 웃음을 터뜨렸던 아이들도 어느새 고개를 끄덕이며 듣고 있었다. 상대방을 설득하지 않고, 경쟁하지 않고, 반박하지 않기 때문에 부담 없이 자신의 생각과 의견을 펼쳐갈 수 있었다. 비경쟁 독서토론이 글쓰기에 주는 긍정적인 효과다.

인문학자 김경집은 한 강연에서 앎의 연대와 삶의 연대를 통해 우리의 사고가 변할 수 있다고 강조했다.(EBS 〈세상을 바꾸는 시간 15분〉, 709회) 사고가 변한다는 것은 이전과는 다른 사고를 한다는 것이고 사고의 주체, 생각의 주체가 '내'가 된다는 것이다. 이는 비경쟁 독서토론을 통해서 가능한 가치이다.

글쓰기를 위한 토론 정리법

책통아 글쓰기 시간에는 자기 자신에게만 집중하고 다른 데에는 '신경을 끄라'고 강조한다. 다른 사람의 시선을 의식하면, 아이들의 글은 첫걸음을 내딛기가 힘들기 때문이다. 남들 보기에 잘 쓴 글을 써야 한다는 부담감을 버리고 자신만의 생각이 분명하게 드러나는 글을 쓸 수 있도록 지도한다.

무엇보다 한편의 완결된 글을 써내는 데에 중점을 두도록 한다. 아울러 '기록'의 의미를 환기해주면서, 함께 읽고 토론한 내용을 정리해 '내가 생각한 흔적'을 남기는 것이 의미 있는 행위임을 알려준다.

글쓰기의 첫머리에서 힘들어 하는 아이에게는 "퍼즐을 맞추듯이 글을 써보라"고 조언한다. 퍼즐을 맞출 때 처음부터 잘 되지는 않는다. 퍼즐을 이리저리 보면서 어느 정도 생각할 시간이 필요하다. 글쓰기도 마찬가지다. 어느 정도 시간이 필요하니 조급하게 서두르지 않아도 괜찮다. 머릿속에서 글감을 가지고 논다는 생각으로 편하게 접근할 필요가 있다. 책을 읽고 느낀 점, 토론하면서 이야기했던 내용, 나와 다른 친구들의 생각, 부분적으로 정리된 내 생각의 조각을 모아 연결하면서 퍼즐 게임하듯이 글을 쓰다 보면 재미를 느낄 수 있다. 어렵게 느껴지던 퍼즐을 잘 맞춰내면 지적 만족감을 느끼는 것과 비슷한 맥락이다.

글쓰기가 일반 퍼즐과 다른 점은 미리 정해진 밑그림에 조각을 맞춰가는 것이 아니라, 자신이 그린 밑그림을 바탕으로 생각의 조각들을 맞춰낸다는 데 있다. 이런 과정을 통해 글쓰기의 즐거움과 만족감을 더 크게 느낄 수 있다.

논제를 활용한 글쓰기

토론 후 글쓰기를 할 때, 가장 수월한 방법은 논제를 활용한 글쓰기다. 토론논제를 글감으로 하면 이미 자신의 의견도 발표했기 때문에 그 내용을 글로 옮기면 된다. 거기에 다른 친구들의 발언을 들으며 확장된 생각이 있으면 덧붙여서 쓸 수 있도록 코칭한다.

논제가 중심을 잡아주면 단편적인 의견들이 모여서 생각의 덩어리가 된다. 자신의 생각과 친구들의 생각이 조화를 이루며 아이들은 긴 호흡의 사고를 할 수 있다. 그렇게 모은 생각의 덩어리들을 글감으로 풀어낼 수 있도록 안내한다.

토론논제 자체가 글감이 될 수 있는 이유는 책통아 교사들이 개강 전에 수차례 회의를 거쳐 뽑은 논제의 우수성에 있다. 책통아 교사들이 논제를 뽑을 때는 아이들이 궁금해 할 만한 부분, 재미있어 할 만한 부분, 책의 핵심을 다룰 수 있는 논제를 제시하기 때문에 토론논제와 논제를 바탕으로 한 발언이 좋은 글감이 될 수 있다.

구체적인 예를 들면, 등장인물의 행동을 작품 밖에서 보는 논제와 작품 속에서 등장인물의 입장이 되어보는 논제를 연결해서 글쓰기 코칭을 할 수 있다. 이는 소설의 등장인물을 보다 깊이 이해하고 인식의 폭을 넓혀가는 글이 될 수 있다.

2017년 하반기 중등반 7강은 『톰 소여의 모험』(마트 트웨인 지음, 강미경 옮김, 문학동네, 2010)으로 진행했다. 선정된 도서목록 중 고전에 속하는 작품이었다.

자유논제

해적이 되기로 결심한 톰과 조 하퍼, 허클베리는 늦은 밤 몰래 빠져나와 한 섬으로 향합니다. 섬에 도착한 아이들은 해적 생활을 시작합니다. 한편 마을에서는 아이들이 강에 빠져 익사한 것으로 오해하고, 결국 장례식까지 치르게 되는데요. 톰과 허클베리, 하퍼는 자신들의 장례식장에 깜짝 등장합니다. 여러분은 이 장면을 어떻게 보셨나요?

> 이 자그마한 교회가 지금처럼 꽉 들어찼던 적이 과연 언제였는지 아무도 기억하지 못했다. 마침내 폴리 이모가 들어오고 뒤이어 시드와 메리, 그다음 하퍼 씨네 가족이 전원 검은 상복 차림으로 들어왔다. (p.177)
>
> 그때 2층에서 부스럭거리는 소리가 났지만 아무도 이를 눈치 채지 못했다. 잠시 후 현관문이 삐걱거렸다. 목사님은 손수건 너머로 눈물이 흐르는 눈을 들어 올리다 그 자리에 얼어붙고 말았다! 먼저 한두 쌍의 눈이 목사님의 시선을 좇는다 싶더니 신자 모두가 거의 동시에 벌떡 일어나 죽은 아이 셋이 복도를 따라 걸어오는 광경을 휘둥그래 쳐다보았다. 톰이 앞장을 선 가운데 그다음엔 조, 그다음엔 허크가 넝마 조각을 치렁치렁 걸친 채 몹시 수줍어하며 살금살금 뒤따르고 있었다! 아이들은 아무도 사용하지 않는 2층에 숨어 자신들의 장례예배를 듣고 있었던 것이다! (p.178-9)

위의 자유논제로 토론할 때 대부분의 아이들이 톰 소여를 '관종'이라는 단어로 표현했다. 생소한 단어라 처음에는 잘 알아듣지 못했다. 관종은 '관심종자'의 줄임말이었다. 아이들 사이에서는 '관심을 받고 싶어 안달이 난 또라이' 정도로 쓰이는 듯했다. 한 아이가 관종이라는 단어를 쓰자, 대부분 깔깔거리며 공감하는 분위기였다. 주변에 이런 애들이 꼭 있다면서 신나게 얘기하는 아이들도 있었다.

다른 측면에서 볼 수 있었는데도, 너무 '관종'으로만 쏠린다는 생각이 들었지만 아이들의 토론에 개입하지는 않았다. 선택논제에서 톰의 중요한 행동을 생각해보는 논제가 뒤쪽에 있으니 일단 아이들이 흥미를 느끼는 대로 진행했다.

'톰 소여는 관종이다'라는 결론으로 해당 논제의 토론이 끝나나 싶었을 때, 한 아이가 입을 열었다.

"저는 처음에 톰 소여가 워낙 말썽꾸러기이고 사고를 많이 쳐서 장례식에 사람들이 많이 오지 않았을 거라고 생각했어요. 그런데 작은 교회가 꽉 찰 정도로 마을 사람들이 많이 모였다는 것을 보고 좀 놀랐어요. 여기 마을 사람들이 그래도 톰을 아끼는 마음이 있었던 것 같아요."

그 친구의 발언 덕분에 톰 소여가 '관종'의 굴레를 벗어날 수 있었고, 한쪽으로 쏠리던 토론 분위기는 이후 조금 다른 양상을 보였다. 아이들은 서로 의견을 나누면서 자연스럽게 다른 관점을 제시하고, 자신과 다른 생각을 흥미롭게 경청하는 모습을 보였다. 이처럼 교사가 개입하지 않더라도 아이들에게는 자신의 생각을 점검하고 돌아볼 수 있는 능력이 있다.

다음은 선택논제를 진행할 때의 상황이다.

선택논제

묘지에서 벌어진 살인사건의 목격자는 톰과 허클베리였습니다. 인디언 조는 살인 누명을 머프 포터에게 씌웠는데요. 법정에서 톰은 자신이 목격한 내용을 증언합니다. 만약 여러분이 톰과 같은 입장이었다면 법정에서 증언을 할 수 있었을 것 같나요?

> 톰은 입을 떼기 시작했다…… 처음에는 머뭇거렸지만 주제에 열중하게 되자 말이 갈수록 쉽게 흘러나왔다. 잠시 뒤 톰의 목소리 외에는 아무 소리도 들리지 않았고, 모든 시선이 톰에게 붙박였다. 다들 입을 벌리고 숨죽인 채 시간 가는 줄 모르고 섬뜩한 이야기에 푹 빠져들었다. 톰의 입에서 이런 말이 튀어나오면서 그렇지 않아도 숨 막힐 것 같은 분위기는 절정에 이르렀다. "……그리고 의사 선생님이 묘표를 휘둘러 머프 포터를 쓰러트렸고, 인디언 조가 칼을 가지고 뛰어들어서……" (p.230-231)

- 증언할 수 있을 것 같다
- 증언할 수 없을 것 같다

선택논제에서는 7대 3 정도로 '법정에서 증언하기 어렵다'는 의견이 더 많았다. 법정에 서는 상황을 생각하면 무섭고 두렵기도 하고, 무엇보다 '내가 먼저 살고 봐야 한다'는 발언이 많았다. 아이들다운 솔직한 답변이었다. 그러면서 한편으로는 톰 소여가 정말 용감하고 대단하다는 소감들을 쏟아냈다.

"아까는 톰이 그냥 관심종자라고만 생각했어요. 그런데 토론이다 끝나고 나니 톰을 다르게 볼 수도 있겠다는 생각이 들어요. 톰이 법정에서 자기가 목격한 살인 사건에 대해 용감하게 증언했잖아요. 저라면 무서워서 절대 못했을 것 같거든요. 톰 소여가 용기도 있고 의리도 있고… 아무튼 톰에 대해서 좀 더 생각해보고 싶어졌어요."

독서토론 후 글을 쓸 때는 자유논제와 선택논제에서 발언했던 내용들을 메모하고, 내 생각, 나와 다른 생각, 나와 친구의 생각을 견주기, 정리된 생각 등을 기록한다.

토론 내용을 바탕으로 글감 정리

<table>
<tr><th>자유논제에서 나왔던 의견</th><th>선택논제에서 나왔던 의견</th></tr>
<tr><td>톰 소여는 관종이다. 극적인 연출을 할 줄 아는 재주꾼이다. 뻔뻔하기는 하지만 대단하다.</td><td rowspan="3">내가 법정에 증인으로 섰더라면 사실대로 증언을 못했을 것 같다. 그 장소가 무섭기도 하고 보복이 두렵기도 하기 때문이다. 톰 소여가 법정에서 증언한 것을 보면 정말 용감하고 대단한 것 같다. 처음에 혼자 읽을 때는 톰 소여가 장난이 지나치다고 생각했는데, 친구들과 토론하면서 점점 톰 소여가 궁금해졌다.</td></tr>
<tr><th>관점이 다른 의견</th></tr>
<tr><td>동네 사람들이 장례식장에 많이 온 것을 보니 말썽꾸러기, 사고뭉치만은 아니었던 것 같다. 톰 소여가 개구쟁이지만 사람들에게 사랑도 많이 받은 것 같다.</td></tr>
<tr><th colspan="2">자유논제와 선택논제로 정리한 내 생각</th></tr>
<tr><td colspan="2">작가가 톰 소여라는 인물을 독자들에게 잘 설명했다는 생각이 들었다. 톰 소여라는 캐릭터가 매력적으로 다가오고, 책이 더 재밌게 느껴지고 한 번 더 읽어보고 싶다는 생각이 들었다.</td></tr>
</table>

별점소감과 한줄평, 인상 깊었던 논제로 글쓰기

아래 글은 『아파트에서 기린을 만난다면』(최종욱 지음, 창비, 2016) 이라는 책에 대한 별점, 한줄평, 인상 깊었던 논제를 바탕으로 글쓰기를 한 예시다.

책 표지를 보지 않고 이 책의 제목을 봤을 때 소설이라고 생각해서 잘 읽힐 거라고 기대를 했다. 『아파트에서 기린을 만난다면』이라는 제목도 흥미로웠다. 우선 이 책은 어떻게 하면 동물과 인간이 함께 잘 살 수 있는지 알려주는 책이라고 할 수 있다. 보통 이런 책을 보면 이론만 설명하는 느낌이어서 지루하고 재미없는데 이 책은 저자가 수의사이고 겪은 일을 바탕으로 생생하게 써놓아서 그런지 무척 재미있었다. 더군다나 동물에 대해 몰랐던 정보도 많아서 유익했다.

책을 읽으면서 동물원에 대한 내용이 기억에 좀 남았는데, 나는 동물원이 없어지는 게 좋다고 본다. 동물원은 인간의 편의를 목적으로 만든 것이기 때문에 동물이 너무 불쌍한 것 같다. 동물을 실제로 보는 것은 다르기 때문에 교육 목적으로 필요하다는 생각도 해봤는데 그렇게 교육을 중요시한다면 야생에 있는 동물들을 직접 보고 느끼는 게 옳다고 본다. 인간은 동물 중에 가장 똑똑하고 우수하다고 너무 과하게 자연을 파괴하고 동물들을 막 대하는 것 같다. 앞으로는 좀 인간이 환경을 생각하고 동물들의 생명을 아껴주면

정이 넘치는 따뜻한 지구가 될 것 같다.

책에서 저자는 동물원이 필요하다고 봤는데 이 아이는 자기 나름의 관점을 정리해서 저자와는 다른 시각에서 동물원이 필요하지 않다는 의견을 내놓았다. 162페이지에 있는 양식에 맞춰 토론 내용을 정리해놓았기에, 글을 쓰는 것이 어렵지 않았다.

이처럼 생각을 정리할 수 있는 도구를 마련해주면, 글쓰기에 대한 심리적 장벽을 낮출 수 있다. 한 편의 글을 쓰기 위해서 뭔가 대단한 능력이 필요하지 않다는 것을 깨닫게 해주면 글쓰기에 대한 자신감 상승으로 이어질 수 있다. 책통아 글쓰기는 평가를 받거나, 숙제로 내는 것처럼 억지로 쓰는 글이 아니다. 온전히 자신의 글을 쓰는 것이다. 이런 과정이 반복되면 문장력이 향상되고 생각하는 힘을 기를 수 있다. 아울러 독서에서도 자신만의 관점을 가질 수 있다.

독서토론 기록하기

1. 여러분은 이 책을 어떻게 읽으셨나요? 별점과 소감을 나눠봅시다.

★★★★☆ 4.0

+ 별점	- 별점
저자가 수의사여서 겪은 일들, 했던 일들을 예시로 들어서 이해가 쉬웠다.	어려운 용어가 좀 있었다.
동물에 대해서 몰랐던 점을 많이 알게 되어서 유익했다.	아파트에서 기린을 만나는 내용은 없었다.

읽은 소감	제목이 『아파트에서 기린을 만난다면』인데, 책의 내용에는 그런 내용이 없어서 궁금했다. 그런데 다시 생각해보니 사람이 동물과 함께 살아가는 세상에서 어떻게 하면 서로 잘 살아갈 수 있는지 이야기해준다는 생각이 들었다. 사람이 동물이 사는 영역을 너무 침범하면 정말 아파트에서 기린을 만날 수도 있겠다는 생각이 들었다.

2. 『아파트에서 기린을 만난다면』을 단 한 줄로 소개한다면?

그래서!! 이 책은 동물과 인간이 어떻게 하면 함께 잘 살 수 있는지 알려주는 책이다.

3. 가장 재미있었던 토론논제는?

[선택 논제]
저자는 동물원의 존재 이유에 대해 고민할 때가 있다고 합니다. 동물원을 없애야 한다는 주장 때문인데요. 경제성이 없다는 것과 갇혀 지내는 동물들이 불쌍하다는 것이 그 이유입니다. 그러나 저자는 '동물원을 없애야 한다는 주장에 선뜻 동의하기 어렵다'(p.92)고 합니다. 여러분은 동물원이 꼭 필요하다고 생각하나요? 꼭 필요하지는 않다고 생각하나요?

부록1

책통아 학생 후기

생각을 넘나드는 독서토론

이연아 _별가람초등학교 5학년

처음 엄마께 책통아에 대한 소개를 받았을 때 든 생각은 "학급회의 같은 건가?"이다. 예를 들면 이런 식이다. 회장이 사회를 보고 부회장이 칠판에 적는다. 의견이 있는 친구는 손을 들고 발표를 한다. 반 친구들의 의견은 다수결로 결정하는데 그 내용을 선생님이 정리해서 우리반 게시판에 걸어놓으신다.

'책을 가지고 하는 독서토론은 어떤 식으로 할까?'

호기심이 일었다. 그래서 한번 해보기로 마음을 먹었다. 수업이 끝나면 교보문고에 들러 책을 읽거나 문구를 사고 싶다는 욕심도 있었다.

처음 갔을 때는 낯선 얼굴들이 많아서 좀 자신이 없었다. 그렇지만 동생도 내 기분과 같을 거란 생각에 금방 괜찮아졌다. (동생과 나는 같은 반에서 수업을 받게 되었다.)

독서토론에는 활동지가 있는데 자유논제와 선택논제로 나뉘어져 있다.

자유논제는 하나의 주제를 가지고 자유롭게 생각해서 답을 내는 것이다. 그래서 놀라운 의견을 내는 친구들이 많았다. 또 재치 있는 의견, 논리적인 주장도 있었다. 그 의견들을 들으면 웃기기도 하고 "아! 내 생각도 저런데…" 하며 친구 의견에 공감이 되기도 했다. 자유주제는 내 의견을 내는 것보단 예상치 못한 생각들을 듣는 것이 더 재미있었다.

선택논제는 답이 두 가지로 딱 정해져 있는데, 그 답 중에 내가 생각하는 것과 더 비슷한 쪽을 고르면 된다. 그래서 두 가지 답 중에 하나를 고르는 재미가 쏠쏠했다. 왜 그 답을 골랐는지, 왜 그 주장이 맞는 건지 깊이 생각해보면 단순한 답에서도 생각할 거리가 많다는 걸 알게 된다. 선택논제는 자기가 선택한 답을 깊이 생각해 왜 그 주장이 맞는지 상대방을 이해시켜야 한다. 자유주제와 달리 상대방을 이해시키는 재미가 있다. 하지만 남의 의견을 들었을 때, 나보다 친구의 주장이 옳다는 생각으로 바뀔 때도 많다.

한번은 『마음도 복제가 되나요』라는 책으로 토론을 할 때였다. "복제인간에 대해 긍정적으로 생각하나요?"라는 질문에 긍정적으로 생각한다와 긍정적으로 생각하기 어렵다라는 2가지 선택이 있었는데 나는 긍정적으로 생각하기 어렵다를 골랐다. 왜냐하면 복제인간도 생명이 있는데 다른 사람을 위해 가차없이 죽인다는 게 뭔가 좀 무서운 생각이 들었기 때문이다. 그런데 한 친구가 인간의 건강을 위해 복제인간을 죽이지 않고도 연구를 통해 잘 활용하면 좋은 점도 있다라는 의견을 내고 그렇게 생각하게 된 자기 생각을 펼치자 내 생각이 조금 바뀌었던 기억이 난다. 토론논제 중에서 나는 솔직히 선택논제가 더 좋다. 왜냐하면 내가 생각한게 나중에 바뀌는게 재밌고 신기하기 때문이다.

책통아에서 하는 독서토론에 참여해보니 학교에서 하는 학급회의와는 참 많이 달랐다.

손을 든 몇 몇 친구만 발표를 하는 것이 아니라 토론에 참여한 친구 모두가 별점을 주고 의견을 말할 수 있었다. 또 매번 진행자가 달라지기 때문에 이끌어가는 방식이 달라서 그때 그때 색다르게 느껴지기도 했다. 무엇보다 누가 맞고 틀리다는 경쟁토론이 아니라 서로의 다른 의견을 들어볼 수 있는 비경쟁 토론이라는 점이 가장 특별했다.

비경쟁 토론이라서 그런지 내 의견을 말하거나 남들의 생각에 공감하는 재미도 있지만, 나와는 다른 의견을 듣는 게 참 재미있다. 한번 옳다고 생각한 것은 절대 바뀌지 않을 거라고 생각했는데 굳게 믿었던 생각도 바뀔 수 있다는 것도 알게 되었다. 또 옛날에는 말하는 것을 더 좋아했는데 지금은 듣는 걸 더 좋아하게 된 것도 바뀐 점 중에 하나이다.

몸을 움직이면 에너지가 나가는데 뇌를 움직여도 에너지가 나간다고 한다. 그래서인지 자유주제를 끝내면 배에서 꼬르륵 소리가 나는데 마침 맛있는 간식을 주시니 그 다음 토론을 더 열심히 할 기운이 나서 기다려진다. 독서토론을 하고 나면 간식도 먹고 뭔가 뇌가 더 말랑말랑해지는 느낌이 들어 기분이 좋다.

책통아의 두 가지 비밀

김수안 _신용산초등학교 6학년

매주 광화문에 있는 교회를 다녀올 때마다 삼각형 모양의 건물을 자주 봅니다. 숭례문 건너편에 있는 작은 건물입니다. 그곳에는 숭례문학당이 있습니다. 책을 좋아하는 어른들이 모여 토론하고 글도 쓰는 곳이라고 엄마에게 들었습니다. 엄마도 그곳에서 공부하십니다. 초등학교 3학년 늦은 저녁, 집에 혼자 있는 것이 무서워서 처음으로 엄마를 따라 숭례문학당에 갔습니다. 어른들이 하는 말이 너무 어려워서 다 알아 듣지 못했지만 토론하는 모습이 너무 멋져보였습니다.

숭례문학당에는 글쓰기와 토론 모임뿐만 아니라 운동 모임도 있습니다. 흰 눈이 펑펑 내리는 어느 날, 엄마를 따라 남산 걷기 모임에 참여했습니다. 그곳에서도 어른들은 끊임없이 책에 대하여 토론하였습니다. 그 모습이 참 신기했습니다. 그날 김민영 선생님과 많은 대화를 나누었습니다. 『자유가 뭐예요?』(오스카 브르니피에 지음, 프레데리크 레베나 그림, 양진희 옮김, 상수리, 2008)에 대해서 나눈 대화가 기억납니다. 자유에도 책임이 있다고 생각합니다. 책임 없이 자유만 누리려고만 한다면 사람들 사이에 갈등이 생기기 때문입니다. 이러한 이야기들을 김민영 선생님께서 잘 들어주셨습니다.

그 이후로 엄마가 하는 것처럼 토론에 참가하고 싶었습니다. 그때 엄마가 책통아에 대하여 자세히 말씀해주셨습니다. 자유롭게 토론을 할 수 있다는 사실에 신났습니다. 바로 책통아 수업에 신청서를 냈고 시작하는 날만 기다렸습니다. 사실 어릴 적에는 책과 노는 시간이 재미있었습니다. 책으로 집을 짓고 그 안에서 책을 읽는 시간이 참 좋았습니다. 그런데 학년이 올라가면서 점점 책과 지내는 시간이 줄어들었습니다. 엄마의 작전이었을까요? 토론에 참석하고 싶었던 저는 다시 조금씩 책을 읽기 시작했습니다.

격주 일요일마다 책통아 수업을 듣기 위해 예배가 끝나면 숭례문학당으로 달려갔습니다. 놀란 점은 이 수업을 듣기 위해 멀리서 온 친구들이 있었다는 사실입니다. 모두가 같은 책을 읽고 또래 친구들과 다양한 생각을 나눌 수 있다는 것이 흥미로웠고 신선했습니다. 활동 중 가장 기억에 남는 책은 『봉주르, 뚜르』(한윤섭 지음, 김진화 그림, 문학동네어린이, 2010)입니다. 열두 살 봉주라는 아이가 프랑스 뚜르로 이사 간 첫날, 책상 귀퉁이에 쓰인 낙서를 발견하며 벌어지는 이야기를 담고 있습니다. 깊이 생각해볼 사회 문제도 담고 있습니다. 친구들과 토론하며 제가 생각지도 못한 의견을 들을 수 있었습니다.

책통아에 신청한 것은 후회 없는 선택이었습니다. 토론에 참여하면서 발견한 것이 있습니다. 바로 책통아에는 두 가지 비밀이 숨겨져 있었습니다.

첫 번째는 책과 마음을 연결해주는 힘입니다. 평소에 책과 거리가 멀었던 친구들에게는 읽는 재미에 빠질 수 있는 열쇠가 되어줍니다. 긴 글 읽기를 힘들어했던 친구들에게는 끝까지 읽을 수 있도록 인내심도 길러줍니다. 저도 토론을 시작할 때 별로 관심이 없는 책을 토론을 위해 읽어야 해서 무척 힘들었습니다. 하지만 토론을 제대로 하려면 책 내용을 자세히 알아야만 했습니다. 선생님이 질문할 때 대답을 못 하면 친구들이 흉보지 않을까 걱정되었기 때문입니다.

두 번째는 자신을 지킬 힘을 키워줍니다. 토론을 할 때 가끔 다른 의견을 낸 친구들과 부딪치는 일이 생기기도 합니다. 그때 목소리를 크게 하는 것이 아니라 내 의견이 왜 그런지를 정확한 이유를 들어 설명해야 합니다. 처음엔 그렇게 말하는 것이 어려워 다른 친구들이 공격하듯이 큰 소리로 답할 때 속이 부글부글 끓었습니다. 선생님이 말하길 "애들아 다른 친구들의 의견이 틀리다고 이야기하기보다 조금 다르다고 이야기하는 거야"라고 하였습니다. 자신의 의견을 잘 정리해서 말하는 친구를 보며 나도 그렇게 말하는 연습을 조금씩 해보았습니다. 이후에 나의 생각을 다른 친구들에게 자신감 있게 발표할 수 있게 되었고, 한 가지 주제에 여러 의견이 나올 수 있는 점도 알게 되었습니다. 다른 친구들의 이야기에 눈치 보는 것이 아니라 경청하는 것, 그것이 바로 나를 지키는 힘인 것을 깨닫게 되었습니다.

내게 책통아는 씨앗입니다. 지식의 뿌리를 깊이 박아주고, 생각의 열매를 풍성하게 키워줍니다. 책통아 수업에는 지혜로운 선생님과 토론을 통해 꿈을 키워가는 친구들이 있습니다. 집에서 엄마와만 생각을 주고받던 저는 또래 아이들과 토론하면서 색다른 경험을 하게 되었습니다. 모르던 아이들과 친구가 되고, 그 친구들과 내가 주인인 삶을 살아가는 방법을 자유롭게 토론하는 일은 흔하지 않겠죠? 여전히 읽기 힘든 책들이 있습니다. 두껍거나 관심이 적은 책입니다. 그럴 땐 책통아 토론을 떠올립니다. 함께 읽고 나누는 책통아, 나를 지켜주는 힘이 될 것을 믿습니다.

책통아로 만난 새로운 세계

차성하 _서울여자중학교 1학년

처음 책통아를 시작했을 때를 생각하면 긴장되기도 하고 기대되기도 했던 마음이 떠오릅니다. 남들 앞에서 의견을 말한다는 생각에 떨리고, 수업 내용과 진행 방식이 어떨지 궁금했습니다.

첫 번째 토론 책은 『괴물들이 사는 나라』(모리스 샌닥 글·그림 강무홍 옮김, 시공주니어, 2002)라는 그림책이었는데, 그림책으로 토론을 하다니 신기하기도 하고 '과연 이 책으로 토론할 수 있을까?'라는 의문이 들었습니다. 그런데 토론 수업을 계속하면서 오히려 그림책이 생각할 거리가 많을 때도 있다는 것을 깨달았습니다. 그 이유는 작가가 글로 쓰지는 않았지만 그림 속에 숨겨놓은 메시지들을 찾을 수 있기 때문입니다. 또 그림책은 그냥 책보다 짧고 간단하기 때문에 자신의 경험에 따라 다양한 방향으로 생각을 확장시켜나갈 수 있기 때문입니다.

그리고 책통아를 하면서 만나게 되는 선생님과 친구들이 좋아서 2016년부터 2019년인 지금까지 계속해서 책통아를 하고 있습니다. 책통아는 정말 다양한 장점을 가지고 있습니다.

제가 생각하는 책통아의 첫 번째 장점은 비경쟁 토론입니다. 비경쟁 토론이란 다른 사람의 의견에 반대하고 공격하는 경쟁 토론과 달리 서로의 의견을 존중하며 토론하는 것입니다. 서로 다른 의견을 들을 수 있으면서도 마음 편하게 자신의 생각을 말할 수 있다는 점에서 의미 있다고 생각합니다. 왜냐하면 비경쟁 토론은 자신의 의견과 반대되는 의견이 나오더라도 비난하지 않고 경청하기 때문입니다. 이렇게 비경쟁 토론을 반복하다 보면 자신의 의견을 공감해주는 사람들을 만나게 되는데 이를 통해서 자신감도 얻을 수 있습니다.

두 번째 장점은 다양한 분야의 좋은 책들을 읽게 되는 것입니다. 저는 문학을 좋아해서 주로 문학 작품을 많이 읽습니다. 하지만 책통아에서 선정한 여러가지 책들을 통해 평소에 잘 읽지 않던 종류의 책들도 읽게 되었습니다. 그리고 새로운 책을 읽고 싶어도 무슨 책을 읽어야 될지 모르는 경우가 많은데 책통아의 토론 책을 읽어보고 흥미가 있으면, 그 작가의 다른 책들도 읽어볼 수 있으니까 더 다양한 책을 읽어볼 수 있어서 좋습니다.

세 번째 장점은 '구체적인 이유'를 말할 수 있게 된다는 것입니다. 예를 들어, 책이 재미없을 때 그냥 '재미없어!'라고 할 때보다 '이 책은 반복되는 내용이 많고 이해가 잘 안 돼'라고 생각할 때 책을 다시 한번 생각해볼 수 있습니다. 그냥 "재미없다"라고 말하면 그걸로 끝이지만, 무엇 때문에 재미없는지를 생각하다 보면 책의 내용을 한번 더 생각해볼 수 있게 되기 때문에 책을 깊이 있게 읽을 수 있게 됩니다. 책통아에서는 별점을 주고 소감을 나눌 때 구체적으로 생각하는 걸 연습할 수 있게 됩니다.

네 번째 장점은 같은 책을 읽고 의견을 나눌 수 있다는 것입니다. 평소에는 또래인 아이들끼리 같은 책을 읽고 의견을 나누는 일이 드뭅니다. 하지만 책통아에서는 같은 책을 읽고 의견을 나눌 수 있어서 좋습니다. 토론 시간에 다양한 의견이 나오기 때문에 책을 읽을 때 그냥 넘겼던 부분도 다시 생각해볼 수 있습니다. 그리고 자기의 생각과 반대되는 생각도 들을 수 있어서 자기의 의견을 다시 정리해볼 수 있습니다. 또 책을 새로운 시선으로 바라볼 수 있습니다. 이해가 되지 않았던 부분도 다른 사람의 이야기를 들으며 이해가 될 때도 있기 때문입니다.

다섯 번째 장점은 독후감 쓰기입니다. 책통아에서는 토론을 다 하고 마지막에 독후감을 쓰는데 독후감을 쓸 때 그날 토론했던 내용을 되돌아보고 토론했던 책을 정리해볼 수 있기 때문에 좋습니다. 평범한 형식의 독후감 외에도 뒷이야기 쓰기, 소감 쓰기 등 여러가지 형식의 독후감도 써볼 수 있어 좋습니다. 그리고 독서록을 쓴 뒤 첨삭을 통해 부족한 점이나 좋은 점을 파악할 수 있어 의미 있다고 생각됩니다. 저도 매번 독후감을 쓰면서 점점 독후감 쓰기 실력이 나아진 것 같습니다.

이것들이 제가 생각하는 책통아의 장점입니다. 저는 책을 좋아하지만 무슨 책을 읽어야 할지 모르는 사람, 독후감 쓰기가 힘든 사람, 토론을 좋아하는 사람 등에게 책통아를 추천하고 싶습니다.

나를 변화시킨 책통아 수업

김태희 _고양중학교 3학년

어릴 적부터 부모님의 영향으로 책을 읽는 것을 무척 좋아했습니다. 그 덕인지 초등학교와 중학교에서 독서상, 대출왕 상 등 책과 관련된 상도 많이 받았고, 독서토론 같은 활동에도 빠지지 않고 참여하게 되었습니다. 그러던 중, 숭례문학당이라는 것을 접하게 되었습니다. 책통아를 소개한 글에서 '비경쟁 독서토론'이라는 단어가 눈에 들어와 박혔습니다. 비경쟁 독서토론이 뭘까, 라는 호기심과 책통아 중등반 독서목록이 너무 재밌어 보여 책통아를 신청하게 되었습니다.

책통아 토론을 참여하면서 저는 많이 변했습니다. 가장 큰 변화는 책을 받아들이는 태도가 바뀌었다는 점입니다. 전에는 책을 읽고 나서 책 내용과 재미있다, 재미없다 정도의 감상만 있었는데, 이제는 이 책에서 논제로 나올 만한 것이 뭐가 있을까, 만약 이 논제가 나온다면 대답은 어떻게 할까, 가장 인상 깊은 장면은 뭐였지 같은 생각들을 하며 읽습니다. 그러다 보니 책을 좀 더 자세하고 오래 기억할 수 있게 되었습니다. 최근에는 제 친구에게 숭례 문학당을 통해 알게 된 김동식 작가의 책을 추천해주었습니다. 전에는 이거 재밌으니까 읽어봐 정도로 추천을 했다면, 이제는 '너는 짧고 간결하면서도 반전이 있는 걸 좋아하니까 이 책이 분명 재미있을 거야' 같이 정확한 이유를 들어 추천해줄 수 있게 되었습니다.

여러 가지 논제들을 가지고 토론을 하다 보니, 내 생각뿐만 아니라 다른 사람들의 생각도 들어볼 수 있었습니다. 책통아 첫 수업때, 『괴물들이 사는 나라』라는 책으로 토론을 하게 되었습니다. 처음으로 하는 토론을, 그것도 그림책으로 한다고 했을 때의 그 충격을 잊을 수가 없습니다. 그림책을 무시했던 경향이 있었는데, 이 토론을 통해 저의 그런 모든 편견을 없앨 수 있었습니다. 주인공의 방이 왜 숲으로 변하였는지, 왜 주인공은 자기를 왕처럼 받들어주는 괴물들의 나라를 버리고 집으로 돌아왔는지 같은 부분들은, 혼자 읽었으면 그냥 그런가보다 하고 넘어갔을 것입니다. 하지만 책통아에서는 '왜 아이가 그렇게 행동했을까?'라는 질문을 하게 했고, 많은 생각을 할 수 있었습니다. 맥스는 상상의 세계, 엄마는 현실의 세계를 상징하고 그렇기 때문에 자꾸 충돌하는 것이라고 해석한 어떤 아이의 말을 아직도 저는 잊을 수 없습니다. 이처럼 이해하거나 발견하지 못하고 넘어갔을 부분들을 토론으로 재발견함으로써 사고가 확장되는 경험을 할 수 있었습니다.

책통아 수업을 듣고 나서, 학교에서 주위 친구들을 모아 독서토론 동아리를 만들게 되었습니다. 아직은 선생님의 지도하에 아이들과 비경쟁 독서토론, 서평 쓰기, 소감 발표 등을 하고 있지만 얼마 전에 처음으로, 제가 직접 논제를 뽑아 보았습니다. 아이들끼리 서로 책 추천을 하고, 투표를 통해 책을 골랐는데 제가 고른 책이 뽑혔습니다. 부족하지만 숭례문학당의 논제들처럼, 자유논제도 만들어보고 선택논제도 만들어보았습니다. 그 과정에서, 마냥 만만하게 보았던 논제 뽑기가 생각보다 쉽지 않구나 하는 것을 느꼈습니다.

여덟 개 남짓한 논제를 만들기 위해 책을 서너 번 읽었고, 같은 부분만 스무 번도 더 넘게 읽기도 했습니다. 만든 논제가 너무 맘에 안 들어서 버리고 새로 쓰기도 했고, 퇴고도 여러 번 하면서 힘들게 논제를 뽑아 갔습니다. 같이 독서토론을 하는 친구들에게는, 제가 논제를 만들었다는 것을 비밀로 하고 마지막에 소감을 말하며 제가 논제를 만들었다는 사실을 밝혔습니다. 친구들이 깜짝 놀라면서 "오, 진짜 잘 만들었다"라고 말해주었을 때 기분이 무척이나 좋았습니다. 시간이 모자라서 제 맘에 완벽하게 드는 논제는 아니지만 어쩔 수 없이 그냥 뽑아간 논제들도 있었고, '이 논제를 가지고는 난 정말 진지하게 토론해볼 수 있을 거 같아' 라고 생각했을 만큼 만족스러운 논제도 있었습니다. 이렇게 논제를 뽑고 나니, 책에 대해서 정말 확실히 이해할 수 있었습니다. 책통아 논제를 내신 선생님이 저희보다 더 책을 잘 이해하셨을 거라고 생각합니다. 제가 느꼈듯, 토론을 하시면서 선생님들도 궁금증을 해소하시거나 색다른 의견을 들으셨을 것 같습니다. 어떠한 책을 읽고 논제를 뽑아본다는 경험은 누구나 해볼 수 있는 경험은 아닙니다. 물론 마음만 먹는다면 할 수 있겠지만, 저는 책통아가 아니었다면 아마도 해보지 못했을 것입니다.

숭례문학당을 통해서 제 자신을 성장시킬 수 있었습니다. 모르고 지나쳤을 수많은 좋은 책들을 알 수 있었고, 가치관이나 배경, 생각이 다른 여러 사람들과 만나 토론을 통해 생각을 나누게 되었습니다. 저자와의 만남 같은 강연들도 참여할 수 있었고요. 책통아 같은 독서토론 동아리를 만들고 싶다는 생각에 제 주변 친구들과 직접 동아리를 만들어 토론을 하고, 논제도 뽑아보는 경험도 할 수 있었습니다. 책에서 이해가 안 되었던 부분을 속 시원하게 해석해준 친구를 만나기도 했고, 나는 책을 재밌게 읽어서 좋은 평을 줬는데, 다른 친구는 재미가 없어서 낮은 평을 줬던 경험도 있습니다. 이런 수많은 경험들 덕분에, 숭례문학당을 알기 이전의 저보다 확실히 더 성장했다는 것을 느꼈습니다.

책통아를 통해 알게 된 선생님들, 언니 오빠 친구 동생들 모두 감사합니다!

나의 책통아 성장기

박민석 _서울봉화중학교 3학년

책통아 수업을 받은 지 5년 차에 들어가는 박민석입니다. 저는 2014년 가을 정독도서관에서 했던 『이젠, 함께 읽기다』 북콘서트에서 숭례문학당과 책통아를 처음으로 알게 됐습니다. 그 북콘서트에서 발언할 기회가 많아 열심히 했는데 김민영 선생님께서 책통아를 추천해주셨습니다. 평소에도 책읽기를 좋아했던지라 책통아 수업이 기대가 되었습니다. 그런데 막상 다녀보니 쉽지는 않았습니다. 여러 분야의 책을 읽는 것과 내 생각을 나누는 것이 힘들었기 때문입니다. 하지만 책통아를 하면서 생각의 폭과 깊이가 달라지고, 또 글쓰기까지 느는 제 모습을 보고 나중에는 기쁜 마음으로 다니게 되었습니다.

책통아를 하면서 철학책 읽기와 독후감 쓰기가 정말 힘들었습니다. 저는 문학과 과학을 좋아해 그 분야의 책들을 읽는 습관이 있었고, 철학책은 무작정 어렵다는 생각에 피하는 경향이 있었습니다. 그래서 초반에는 철학책으로 토론할 때면 재미도 없고, 이해하기도 어려웠습니다. 글을 어떻게 써야 할지도 모르겠고, 다른 아이들과의 글과 많이 비교되어서 쓰기도 좀 힘들었습니다. 좀 귀찮기도 했고요. 하지만 여러 해 동안 철학책을 여러 권 읽고 토론하면서 거부감도 줄어들었습니다. 내용이 어려워 수업을 위해 억지로라도 책을 읽고 가더라도 다른 친구들의 이야기를 들으면 신기하게도 몰랐던 부분이 이해가 되었기 때문입니다. 글도 많이 써 가면서 힘들었던 부분이 많이 나아졌습니다.

지금까지 책통아를 다니면서 많은 책들을 가지고 토론을 했습니다. 그중에서 『프레드릭』(레오 리오니 글·그림, 최순희 옮김, 시공주니어, 2013)이 가장 기억에 남습니다. 『프레드릭』 같은 짧은 그림책으로 토론을 할 수 있을까 싶었는데 토론을 하고 나서 그림책으로도 토론이 가능하다는 것을 알았습니다. 토론할 때 가장 인상적이었던 논제가 있습니다. '열심히 먹을 것을 모으는 들쥐 가족과 달리 프레드릭은 좋아하는 것을 모읍니다. 자신은 이야기나 색깔 빛을 모으고 있다고 하는데요. 추운 겨울이 오자, 한자리에 모인 들쥐 가족은 프레드릭의 이야기를 듣고 "넌 시인이야!"라고 합니다. 보통의 들쥐 가족과 프레드릭은 다른 행동을 보이는데요. 여러분은 이런 프레드릭이 마음에 드시나요?'

이 질문에 저는 겨울철에 필요한 식량이 가장 중요하기 때문에 마음에 들지 않는다고 했습니다. 저는 주어진 일은 무조건 열심히 하고 성실하게 살아가는 것이 미덕이라고 생각했고 세상에 필요한 사람이 되기 위해서는 최선을 다해야 한다고 믿었기 때문입니다. 어릴 적 『개미와 베짱이』를 읽고 게으르고 세상에 쓸모없는 존재인 베짱이처럼 살지 말아야겠다고 다짐했던 일도 떠올랐습니다. 하지만 프레드릭처럼 살아도 된다는 의견도 있었습니다. 왜냐하면 프레드릭이 추운 겨울에 여름일 때 모은 햇살을 나눠준 덕분에 친구들이 따뜻함을 느낄 수 있게 해주고 즐거움을 느꼈다는 이유였습니다. 프레드릭이 무작정 놀았던 것이 아니라는 것입니다. 토론하면서 반대 의견의 친구들 이야기를 들으며 사회에는 프레드릭 같은 사람도 필요하다는 생각이 들었습니다. 여름 동안 프레드릭도 나름대로 열심히 좋아하는 일을 했던 것입니다. 토론을 통해서 제가 가졌던 가치관도 바뀔 수 있다는 것을 알았습니다. 그래서 그 논제가 가장 기억에 남았습니다.

책통아를 하면서 재미있던 일이 또 있었습니다. 유튜브에 올릴 책통아 홍보 영상을 위해 인터뷰를 한 일입니다. 처음에는 쑥스럽고 내키지 않았지만 부모님이 설득하셔서 참여하게 되었습니다. 선생님이 저에게 하셨던 질문 중에서 가장 기억에 남았던 질문은 '책통아는 학교, 학원과 어떻게 다른가요?'였습니다. 왜냐하면 그 질문은 그때 제가 가장 많이 느꼈던 것이었기 때문이었습니다.

그 당시 학교에서 토론수업을 조금 하기는 했지만, 시간도 많이 주어지지 않고 빨리 빨리 대충 발표하자는 식이어서 별로 도움이 되지 못하고 시간 낭비라는 생각이 많이 들었습니다. 하지만 책통아 토론은 시간도 많이 주어져 내 의견을 충분히 말할 수 있고, 논제도 학교에서 하는 논제보다 다양하고 생각을 하게 하는 것이어서 재미있고 유익하다는 생각을 했습니다. 책통아에 대해 다시 한 번 생각하는 소중한 기회였습니다.

책통아의 가장 좋은 점을 꼽으라면 경청하는 법을 배울 수 있다는 것입니다. 토론을 하면 말하기도 중요하지만 가장 중요한 것은 듣기입니다. 서로 듣지 않고 말하기만 한다면 토론은 진행이 될 수가 없습니다. 책통아에서는 이기기 위해서 하는 토론이 아닌 비경쟁 토론을 하면서 서로 잘 들을 수 밖에 없습니다. 그러면서 자연스럽게 잘 듣는 법을 배웁니다. 저는 그런 점이 가장 좋은 거 같습니다. 왜냐하면 학교에서 생활하다 보면 선생님과 친구의 말에 들어주어야 할 때가 많은데 상대방의 이야기를 잘 들어주지 못하면 학교에서 잘 생활하기가 힘들기 때문입니다.

지금까지 책통아 토론에서 사회자 역할을 해주신 선생님들께 정말 감사드립니다. 선생님들은 쉬셔야 할 일요일에 학당에 나오셔서 우리를 잘 지도해주시기 때문입니다. 저라면 못 할 것 같은 일을 한 달에 두 번이나 하시다니, 정말 대단하십니다. 선생님 중 한 분은 수업을 위해 천안에서 오셨다고 했습니다. 그렇게 먼 곳에서 책통아 아이들을 위해 봉사하시려고 서울까지 오시다니 정말로 깜짝 놀랐습니다. 저도 나중에 선생님들처럼 아이들을 위해 봉사하는 사람이 되자고 다짐했습니다. 그리고 학부모 토론에 열심히 참여해주신 어머니, 책통아 할 때마다 같이 와준 동생, 책통아 수업을 힘들어 할 때 계속 다닐 수 있도록 조언해주신 아버지께 감사드립니다.

저는 고등학교에 가서도 계속 책통아에 다닐 생각입니다. 함께 책을 읽고 의견을 나누는 소중한 경험을 계속하고 싶기 때문입니다. 책 읽기가 힘들거나 글쓰기를 어려워 하는 친구들에게 책통아 수업을 추천하고 싶습니다.

쉽게 나누는 생각

김상훈 _백석고등학교 1학년

세상에는 책 말고도 다른 재미있는 것들이 많았다. 나는 책읽기를 하기 전까지는 운동과 음악에 빠져 살았다. 학교에서는 친구들과 축구와 배드민턴을 하며 지냈고, 집에 와서는 음악을 주로 들었다. 당시 나에게, 땀을 흘리고 난 후 상쾌함과 음악을 들었을 때의 쾌감은 책에서는 느낄 수 없었다. 그래서 책통아를 처음 시작할 때는 '과연 내가 잘 할 수 있을까?'라는 두려움이 밀려왔다.

중학교 1학년이었던 나는 초등학교 때와는 다른 생활에 이제 막 적응하려던 참이었다. 그렇게 학교와 학원 사이를 오가는 상황에서 주말에 서울까지 토론 수업을 다니는 것이 조금 부담스럽기도 했다. 하지만 당시 나는 중학생이 된 만큼, 책 읽기가 필요한 부분이라 여겼다. 억지로라도 책을 읽어야겠다고 생각했던 터라 한번 도전해보기로 마음먹었다. 지원서를 쓰면서 나에 대한 질문에 답하는 것에서부터 막막함이 들기도 했지만, 그게 책통아의 시작이었다.

막상 가보니 딱딱할 줄만 알았던 토론은 생각보다 부드러웠고, 얼굴도 모르는 친구들이 모여 서로 서먹하고 적대적일 줄 알았는데 의외로 친절했다. 특히 책을 근거로 한 논제가 주어져 있었다. 주제가 정해져 있거나 국한되어 있으면, 내가 무엇을 좋아하고, 어떤 생각을 가지고 있는지 파악하기 어려운데, 내 의견을 솔직하게 말할 수 있어서 좋았다. 토론하는 것에 대한 편견이 없어질수록 토론 참여도도 점점 올라갔고, 형식에 억압받지 않고 서로 자유롭게 생각을 공유하는 것에 재미가 들었다.

개인적으로 책통아 토론 수업의 가장 큰 특징은 다른 관점을 접할 수 있다는 점이다. 나와 생각이 비슷한 경우도 있었지만, 그렇지 않은 경우가 훨씬 많았다. 생각하지도 못했던 의견이 친구들의 입에서 나오는 경우도 있었고, 나의 관점에서 생각하고 의견을 말했다가 다른 친구의 생각을 듣고 설득당한 경우도 있었다. 이런 경우에는 학교나 학원에서 지인들과 이야기할 때는 느낄 수 없었던 쾌감이 드는데, 생각의 폭이 더욱 넓어지는 느낌과 참신한 의견을 이야기한 친구에 대한 존경심마저 생겨난다. 이런 감정을 느낄 때마다 수업을 듣기 잘했다는 생각이 들었다.

두 번째 특징은 논제라고 생각한다. 논제는 간단한 줄거리, 별점, 자유논제, 선택 논제 등으로 이루어져 있는데, 그 중에서도 나는 책에 대한 별점 매기기와 토론 후에 쓰는 독후감이 마음에 들었다. 토론 전과 토론 후에 책에 대한 별점은 대부분 달라졌고, 그렇게 바뀐 이유가 뭔지 생각하다 보면 내 가치관을 잘 파악할 수 있어서 좋았다.

책통아 토론수업의 또 다른 특징은 토론 밖에 존재한다. 독서토론 자체가 재미있는 만큼, 토론 외부 환경 또한 토론에 열심히 참여할 수 있도록 뒷받침해준다. 수업 시작 전과 쉬는 시간에 선생님들께서는 학생들의 관심사를 파악해서 서로의 일상생활, 취미 등 여러 이야기를 하는데, 자연스럽게 친밀감이 형성되어서 토론을 열심히 참여할 수 있도록 환경을 조성해주신다.

책을 읽고 토론을 하다 보니 자연스럽게 내 생각을 말로 조리있게 표현하는 능력, 책을 고르는 안목, 상대방의 의견을 요약하는 능력, 상대방이 말할 때 경청하는 능력이 조금씩 길러졌고, 이는 일상적인 생활을 할 때도 유용하게 쓰였다. 특히 읽고 토론하는 능력은 학교에서도 진가를 발휘했다. 학교 수업시간의 대부분은 읽고 쓰는 과정을 동반한다. 지필 고사를 제외한 수행평가의 대부분은 나의 생각을 묻는 경우가 많았다. 글쓰기는 국어 과목에만 적용되는 능력이 아니었다. 다른 과목들도 자신의 생각을 묻는 평가들이 많았고, 매우 유용했다.

글 쓰는 능력뿐만 아니라 말하는 능력 또한 요긴하게 쓰였다. 발표수업이나 학급회의 때는 말을 버벅거리지 않고 해야 하는데, 내가 앞에서 말하는 모습을 보고 친구들은 어떻게 떨지 않고 차분히 말을 할 수 있냐고 궁금해하였다. 그럴 때마다 내 자신감은 점점 늘어갔고, 남 앞에서도 막히지 않고 내 의견을 표현할 수 있게 되었다. 학교 밖에서는 쓰고 말하는 능력보다 남의 의견을 듣고 의견을 통합하는 능력이 더 자주 쓰였다. 어디를 갈지, 뭐하고 놀지와 같은 사소한 것들도 서로의 의견은 너무나도 달랐고, 그럴 때마다 의견을 종합해 모두가 수긍하는 합리적인 결과를 만들어냈다. 가정에서는 특히 변화하는 부분이 많았다. 가족간 갈등이 현저하게 줄어들었다. 서로 소통하고 이해하다 보니, 화합이 되었다.

책통아는 내게 큰 영향을 끼쳤다. 배드민턴과 음악에서만 느낄 수 있었던 느낌을 책을 읽으면서 느끼게 해주었고, 책을 바탕으로 세상을 다양한 시각으로 바라볼 수 있게 해주었다.

부록2

독서토론 논제 예시

입문반(초 1·2)

『괴물들이 사는 나라』

모리스 샌닥 글·그림, 강무홍 옮김, 시공주니어, 2002

자유논제

1. 『괴물들이 사는 나라』에서 맥스는 장난을 치다 엄마에게 야단을 맞고 방에 갇힙니다. 방에 갇힌 맥스는 배를 타고 괴물들이 사는 나라에 가서 왕이 되어 신나게 놀다 다시 집으로 돌아오는데요. 여러분은 이 책을 어떻게 읽었나요? 별점과 읽은 소감을 이야기 나누어보아요.

별점	☆☆☆☆☆
읽은 소감	

2. 재미있었거나 기억에 남는 그림이나 글이 있었나요? 함께 이야기 나누어보아요.

3. 맥스가 집안에서 장난을 치자 엄마는 맥스에게 괴물 같다고 말합니다. 그러자 맥스는 엄마를 잡아먹겠다고 하고, 엄마는 맥스를 방에 가두는데요. 여러분이 만약 맥스처럼 혼자 방에 갇힌다면 어떻게 할 거예요?

> 엄마가 소리쳤어. "이 괴물딱지 같은 녀석!"
> 맥스도 소리쳤지. "그럼, 내가 엄마를 잡아먹어 버릴 거야!"
> 그래서 엄마는 저녁밥도 안 주고 맥스를 방에 가둬 버렸대.

4. 맥스가 방에 갇힌 후, 맥스의 방에서 나무와 풀이 자라고 맥스는 배를 타고 괴물나라로 가게 됩니다. 괴물나라에 간 맥스는 괴물들에게 호통을 치고, 마법으로 괴물들을 꼼짝 못하게도 하며 괴물들과 신나게 노는데요. 여러분은 맥스가 괴물들에게 하는 모습을 보고 어떤 생각이 들었나요?

> 맥스가 괴물 나라에 배를 대자 괴물들은 무서운 소리로 으르렁대고, 무서운 이빨을 부드득 갈고, 무서운 눈알을 뒤룩대고, 무서운 발톱을 세워 보였어. 맥스는 호통을 쳤지. "조용히 해!" 맥스는 눈 하나 깜짝 않고 괴물들의 노란 눈을 노려보았어. 맥스는 마법을 써서 괴물들을 꼼짝 못하게 한 거야. 괴물들은 깜짝 놀라, 맥스 보고 "괴물 중의 괴물"이라고 했지. 괴물들은 맥스를 괴물 나라 왕으로 삼았어. 맥스는 큰 소리로 외쳤어. "이제 괴물 소동을 벌이자!"

5. 맥스는 괴물들이 사는 나라에서 다시 방으로 돌아옵니다. 맥스의 방에는 저녁밥이 놓여 있습니다. 이 책의 마지막 장에는 아무 그림도 없이 "저녁밥은 아직도 따뜻했어." 라는 글자만 있는데요. 여러분은 이 장면을 보고 어떤 느낌이 들

었나요?

> 저녁밥은 아직도 따뜻했어.

선택논제

1. 맥스가 방에 망치질을 하고 강아지를 못살게 구는 장난을 치자, 엄마는 소리를 칩니다. 그리고 맥스에게 저녁밥도 안 주고 방에 가둬버리는데요. 여러분이 맥스 엄마라면, 맥스를 혼내겠습니까?

> 엄마가 소리쳤어. "이 괴물딱지 같은 녀석!"
> 맥스도 소리쳤지. "그럼, 내가 엄마를 잡아먹어 버릴 거야!"
> 그래서 엄마는 저녁밥도 안 주고 맥스를 방에 가둬 버렸대.

- 혼낸다
- 혼내지 않는다

2. 맥스는 괴물나라에서 왕이 되어 신나게 놉니다. 그러나 쓸쓸해하면서 자기를 사랑해주는 사람이 있는 곳으로 돌아가기 위해 괴물나라 왕을 그만두는데요. 여러분이 맥스라면, 괴물들이 사는 나라에 살 건가요?

> 괴물나라 왕 맥스는 쓸쓸해졌지. 맥스는 자기를 사랑해 주는 사람이 있는 곳으로 돌아가고 싶었어. 그 때 머나먼 세계 저편에서 맛있는 냄새가 풍겨왔어. 마침내 맥스는 괴물나라 왕을 그만두기로 했지.

괴물들은 울부짖었어. “제발 가지 마. 가면 잡아먹어 버릴 테야. 우린 네가 너무 좋단 말이야!”
맥스가 말했어. “싫어!”

- 살겠다

- 살지 않겠다

기초반(초 3·4)

『꽃들에게 희망을』

트리나 폴러스 지음, 김석희 옮김, 시공주니어, 2017

자유논제

1. 『꽃들에게 희망을』은 이전의 자신의 삶과는 다른 삶을 찾아 떠나는 호랑 애벌레와 노랑 애벌레의 이야기를 그리고 있습니다. 애벌레 기둥 위에서 만난 두 애벌레는 서로 사랑하지만 각자의 길을 찾아 다시 떠나는데요. 이 책은 트리나 폴러스의 작품으로 1972년 출간되어 전 세계 독자들에게 꾸준히 사랑받고 있습니다. 여러분은 이 책을 어떻게 읽었나요? 별점과 소감을 나눠봅시다.

별점	☆☆☆☆☆
읽은 소감	

2. 『꽃들에게 희망을』을 읽고 인상 깊은 부분이나 장면이 있었나요?

3. 알을 깨고 나온 호랑 애벌레는 초록빛 나뭇잎을 갉아먹으며 무럭무럭 자랐습니다. 어느 날 호랑 에벌레는 먹는 일을 멈추고 "그저 먹고 자라는 것만이 삶의 전부는 아닐 거야. 이런 삶과는 다른 무언가가 있을게 분명해"(p.4)라고 합니다. 그는 정든 나무에서 내려와 '그 이상의 것'(p.6)을 찾아 떠나는데요.. 여러분은 이런 호랑 애벌레를 어떻게 보셨나요?

> 그러던 어느 날, 호랑 애벌레는 먹던 일을 멈추고 생각했습니다.
> '그저 먹고 자라는 것만이 삶의 전부는 아닐 거야.
> 이런 삶과는 다른 무언가가 있을 게 분명해.
> 그저 먹고 자라기만 하는 건 따분해.' (p.4)
>
> 그래서 호랑 애벌레는 오랫동안 그늘과 먹이를 제공해 준
> 정든 나무에서 기어 내려왔습니다.
> 호랑 애벌레는 그 이상의 것을 찾고 있었습니다. (p.6)

4. 호랑 애벌레는 정든 나무에서 내려와 세상 여기저기를 다녔지만 "그 어느 것도 호랑 애벌레를 만족시켜 주지는 못했습니다."(p.8). 그러던 어느 날 바쁘게 기어가고 있는 애벌레 떼를 보았는데요. 애벌레들은 꼭대기에 오르기 위해 커다란 애벌레 기둥 속으로 기어갑니다. 하지만 "꼭대기는 구름에 가려 있어서, 그곳에 무엇이 있는지 호랑 애벌레는 알 수가 없었"(p.18)는데요. 여러분은 이 애벌레 기둥을 어떻게 보셨나요?

> 그들이 어디로 가고 있는지 궁금해서 주위를 둘러보니,
> 하늘로 점점 치솟고 있는 커다란 기둥이 보였습니다.
> 호랑 애벌레는 그들 틈에 끼어들었고, 놀라운 사실을 알게 되었습니다…….

> 그 기둥은 꿈틀거리며 서로 밀고, 올라가는,
> 애벌레 더미, 말하자면 애벌레 기둥이었습니다.
>
> 애벌레들은 꼭대기에 오르려고 기를 쓰는 것 같았습니다.
> 그러나 꼭대기는 구름에 가려 있어서,
> 그곳에 무엇이 있는지 호랑 애벌레는 알 수가 없었습니다. (p.14-18)

5. 호랑 애벌레가 떠난 후 노랑 애벌레는 정들었던 것들을 떠나 헤매다가 고치를 만드는 늙은 애벌레에게서 '나비'의 존재를 듣게 됩니다. 늙은 애벌레는 "나비는 미래의 네 모습일 수도 있단다"(p.70)라는 말과 함께 "나비가 없으면 꽃들도 이 세상에서 곧 사라지게 돼."(p.71)라고 하는데요. 이 책의 주인공은 두 애벌레지만 제목은 '꽃들에게 희망을'인데요. 여러분은 이 책의 제목을 어떻게 보셨나요?

선택논제

1. 호랑 애벌레와 노랑 애벌레는 애벌레 기둥에서 만나 같이 내려와 서로 사랑하게 됩니다. 하지만 호랑 애벌레는 "하지만 우린 꼭대기에 무엇이 있는지 모르잖아. 우리가 내려온 것은 실수였는지도 몰라."(p.51)라며 애벌레 기둥에 대한 미련을 버리지 못하는데요. 결국 "난 알아야겠어. 당장 가서 꼭대기의 비밀을 알아내겠어"(p.60)라며 떠날 결심을 합니다. 하지만 노랑 애벌레는 호랑 애벌레를 사랑했지만 "난 안 가겠어"(p.62)라고 하는데요. 여러분은 호랑 애벌레와 노랑 애벌레 중 누구의 선택에 더 공감하시나요?

호랑 애벌레는 또다시 이렇게 생각하지 않을 수 없었습니다.
'이게 삶의 전부는 아닐 거야. 무언가 더 있을 게 분명해.'
(……) "하지만 우린 꼭대기에 무엇이 있는지 모르잖아. 우리가 내려온 것은 실수였는지도 몰라. 이제 쉴 만큼 쉬었으니까, 이번에는 꼭대기까지 오를 수 있을 거야." (p.49-51)

그래도 어쩐지, 노랑 애벌레는 무턱대고 행동하기보다는 미심쩍은 채로 그냥 기다리는 편이 더 낫다는 생각이 들었습니다. (……) 노랑 애벌레는 올라가는 것만이 꼭 높은 곳에 이르는 길이 아니라는 것을 깨달았습니다. 노랑 애벌레가 안타까운 마음으로 말했습니다. "난 안 가겠어." 그러자 호랑 애벌레는 기둥 위로 올라가기 위해 노랑 애벌레를 떠났습니다. (p.61-62)

- 호랑 애벌레

- 노랑 애벌레

2. 꼭대기에 올라간 호랑 애벌레는 그 위에 아무것도 없다는 것을 알게 됩니다. 다른 애벌레들에게 "내가 꼭대기에 올라가 봤는데, 거기에는 아무것도 없어."라고 말합니다. 하지만 다른 애벌레들은 "괜히 심술을 부리는 거야."(p.110), "설령 그게 사실이더라도, 그런 말은 하지 마"(p.113)라며 호랑 애벌레의 말에는 귀를 기울이지 않았습니다. 그들은 호랑 애벌레의 말을 무시하며 계속 애벌레 기둥을 오르는데요. 여러분이 기둥을 오르는 애벌레였다면 '꼭대기에 아무것도 없다'는 말을 듣고도 계속 올라갔을까요?

호랑 애벌레는 마주치는 애벌레마다 속삭였습니다.
"내가 꼭대기에 올라가 봤는데, 거기에는 아무것도 없어."
그들은 올라가는 데에만 정신이 팔려 있어서,

호랑 애벌레의 말에는 귀를 기울이지 않았습니다.
한 애벌레는 이렇게 말했습니다.
"괜히 심술을 부리는 거야. 꼭대기에는 가 보지도 못했으면서."(p.110)

그러나 호랑 애벌레의 말에 충격을 받고는, 좀 더 많은 이야기를 들으려고 걸음을 멈추는 애벌레들도 있었습니다.
그런 애벌레들 가운데 하나가 힘겨운 목소리로 속삭였습니다.
"설령 그게 사실이더라도, 그런 말은 하지 마. 우리가 달리 무얼 할 수 있겠어?"
호랑 애벌레가 대답했습니다.
"우리는 날 수 있어! 우리는 나비가 될 수 있어!
꼭대기에는 아무것도 없어. 하지만 그건 중요하지 않아!" (p.113-114)

- 올라간다

- 올라가지 않는다

※ 기억에 남는 한마디와 함께 토론 소감을 나눠봅시다.

기본반 (초 5·6)

『내일』

시릴 디옹·멜라니 로랑 지음, 뱅상 마에 그림, 권지현 옮김, 한울림어린이, 2017

자유논제

1. 『내일』은 지금보다 더 나은 내일을 위해 진행되는 다양한 프로젝트를 찍은 다큐멘터리 영화를 원작으로 한 작품입니다. 책은 루와 파블로 가족이 지구 멸망에 대항하여 지속가능한 미래를 위해 세계 여러 나라가 어떤 노력들을 하고 있는지 둘러보는 내용인데요. 여러분은 이 책을 어떻게 읽었나요? 별점과 소감을 나눠봅시다.

별점	☆☆☆☆☆
읽은 소감	

2. 『내일』을 읽고 인상 깊은 부분이나 장면이 있었나요?

3. 어느 날, 루는 몹시 흐린 날 학교에서 체육 수업이 취소되고 쉬는 시간이나 점심 시간에도 운동장에 나가지 못하게 되는 일을 겪습니다. 그 이후 '환경'에 대해 관심을 갖게 되는데요. 책은 엄마 친구인 '환경주의자'와 덴마크의 환경주의자에 대해서도 말합니다. 여러분은 책에서 '환경주의자'에 대해 말하는 장면을 어떻게 보셨나요?

> 여러분은 '환경'이 뭔지 아나요? 솔직히 난 여태까지 단 한 번도 환경에 대해 생각해 본 적이 없어요. 더 솔직히 말하면 환경이 뭔지 난 잘 모르겠어요.
>
> 맞다! 아빠가 엄마 친구더러 '환경주의자'라고 부르는 건 들은 적이 있어요. 그 아저씬 머리를 감을 때 샴푸를 쓰지 않는대요. 어쩌다 우리 집에 놀러 오면 우리가 쓰는 물건이나 먹는 음식을 보면서 잔소리를 늘어놓기도 하지요. (그래서 난 환경주의자가 짜증나는 사람을 가리키는 말인 줄 알았다니까요!)(p.9)
>
> 원자력이 위험한 건, 핵폐기물을 제대로 처리하지 않으면 방사능이 새어 나와서 사람들이 엄청난 피해를 입기 때문이래요. 아, 또 한 가지 새롭게 알게 된 사실은 덴마크 사람들은 환경주의자를 '멀쩡한 사람'이라고 생각한다는 거였지요!(p.42)

4. 루의 가족은 '자연이 하는 그대로 농사 짓는 사람들'을 만나기 위해 첫 여행지인 노르망디로 떠납니다. 그 작은 농장에서 "트랙터도 없고 석유도, 화학 비료도, 살충제도 없이"(p.28) 농사를 짓는 샤를 아저씨와 페린 아줌마를 만나게 되는데요. 작은 농장에서 우리가 먹을 만큼 충분한 양을 재배할 수 있을지 걱정하는 루의 가족에게 페린 아줌마는 "전 세계 식량 소비량의 70퍼센트는 이곳 같은 작은

농장에서 생산된 거예요."(p.35)라고 말해줍니다. 여러분은 작은 농장에 대해 설명하는 이 장면을 어떻게 보셨나요?

> "다 좋습니다만…… 그래도 밭이 너무 작은 거 아닌가요? 세상 사람을 다 먹여 살리려면 아주 넓은 밭이 필요하다고요. 이 밭에서 나는 채소들은 일요일에 장 보러 나오는 동네 주민들에게나 알맞겠어요."
> "대규모 농장도 어느 정도는 필요할지 모르죠. 하지만 소규모 농장만이 지닌 여러 장점이 있어요. 먼저 도시 안이나 도시 주변, 시골, 어디에서든 밭을 일굴 수 있다는 점이에요. 현지에서 먹을 것을 재배하니까 비행기나 배로 실어 나를 필요가 없죠. 그리고 일자리도 아주 많이 늘어납니다. 우리가 농사 짓는 방법이라면 기계 대신 100만 명은 고용할 수 있어요. 게다가 농부는 훌륭한 직업입니다. 하루 종일 아름다운 자연과 함께 할 수 있으니까요."
> "그거야 좋지만…… 역시 식량이 모자랄까봐 걱정입니다." (중략)
> "흔히 사람들은 그런 대규모 농장에서 나는 작물이 우릴 먹여 살리는 줄 착각하죠. 저도 예전에는 그런 줄 알았거든요. 그런데 전 세계 식량 소비량의 70퍼센트는 이곳 같은 작은 농장에서 생산된 거예요. 대규모 농장에서는 주로 가축 사료용 곡물이나 산업용 곡물을 많이 생산하거든요."(p.34-35)

5. 루의 가족은 '아이들이 행복한 교육을 실천하는 사람들'을 찾아 핀란드에 갑니다. 과학 수업이 진행되는 교실에서 "바닥에 앉아"있거나 "아예 배를 깔고 누워 책을 읽는" 아이들을 본 루와 파블로는 놀라워하는데요.(p.89) 마야 선생님은 예전에는 모든 학생들이 책상에 똑바로 앉아 있어야 했지만 "학생이 편해야 더 쉽게 배울 수 있"(p.89)다며 지금은 달라졌다고 말합니다. 여러분은 핀란드 교실을 보여주는 이 장면을 어떻게 보셨나요?

그다음에 우리는 마야 선생님의 교실로 갔어요. 빨간 머리칼에 키가 작은 마야 선생님이 우리를 보고 상냥하게 웃었어요. 내가 항상 꿈꾸던 선생님의 모습이었지요. 과학 수업 중이었는데 몇몇 아이들만 책상에 앉아 있었고, 다른 아이들은 바닥에 앉아 있었어요. 아예 배를 깔고 누워 책을 읽는 아이들도 있었고요.

파블로와 내가 눈을 동그랗게 뜨고 아이들을 바라보자 마야 선생님이 웃으며 다가왔어요.

"내가 어렸을 때는 여기도 지금 너희들의 교실과 똑같았어. 모든 학생이 책상에 똑바로 앉아서 선생님의 말을 들어야 했지. 하지만 지금은 달라졌어. 학생이 편해야 더 쉽게 배울 수 있거든. 또 우린 학생들의 차이를 살펴서 맞춤 교육을 하고 있어. 책을 읽거나 소리로 들어야 더 잘 배우는 학생이 있고, 손으로 직접 실험해 보거나 자연 속에서 더 잘 배우는 학생이 있으니까."(p.89)

6. 루의 가족은 지속가능한 미래를 찾아 다녔던 세계여행이 끝난 후 집에 돌아와 변화된 모습을 보입니다. 가족들은 모두 '유기농 식품을 먹기 시작'했고, 온 가족이 함께 채소를 다듬기도 하며, 주말에는 '자전거를 타고' 숲에 놀러가기도 합니다.(p.93-94) 루는 '학교에서 텃밭 만들' 계획을 세우고 루의 아빠는 '자전거로 출근'도 합니다.(p.93-94) 루의 엄마는 '위험한 화학 물질이 든 제품을 버리고' 파블로는 '장난감을 기부'합니다.(p.94) 여러분은 루의 가족의 변화된 모습을 어떻게 보셨나요?

이제부터는 유기농 식품을 먹기 시작하려고요. 아빠에게 자전거도 고쳐 달라고 할 거예요. 학교에서는 가스파르에게 말했던 텃밭을 만들고, 반

아이들과 함께 숲으로 가 쓰레기를 주울 거예요. 운동장에 퇴비 만드는 시설을 설치할 수도 있고요. (중략)
  집에 돌아온 뒤 아빠는 컴퓨터 앞에서 보내는 시간을 조금씩 줄였어요. 자전거로 출근도 하고, 일요일에는 자전거를 타고 우리와 함께 더 자주 숲에 놀러 가요. 온 가족이 함께 다듬은 채소로 요리도 해 준다니까요!
  엄마는 수요일 저녁마다 직접 생산한 농산물을 파는 농부 아저씨를 찾아냈어요. 한번은 그 농장에 직접 찾아가기도 했지요. 엄마는 샤워젤, 샴푸, 식기 세척제, 화장품에 적힌 성분들을 꼼꼼히 살핀 다음 위험한 화학물질이 든 제품은 모두 버렸어요. 이제는 유기농 제품만 사고, 가끔은 화장품을 직접 만들어 쓰기도 해요.
  파블로는 더 이상 갖고 놀지 않고 옷장에 쌓아 둔 장난감을 꺼내서 모두 자선 단체에 기부했어요. 그 단체에서는 장난감을 분류해서 필요한 아이들에게 나눠 줄 거예요.(p.93-94)

선택논제

1. 루의 가족은 '신재생 에너지를 이용하는 사람들'을 찾아 덴마크에 갑니다. 엘세 아줌마와 루의 가족들이 자전거를 타고 도착한 코펜하겐의 바닷가에는 큰 풍력 발전기들이 서 있는데요. 엘세 아줌마는 "이 풍력 발전기들은 시청과 주민들이 함께 사들인 거예요."(p.42)라고 합니다. 루의 엄마는 '사람들은 대부분 자기 물건을 사려고 돈을 쓰'는데 '시를 위해서 돈을 냈다고 하니' 깜짝 놀랍니다.(p.42) 여러분은 자기 돈을 내서 풍력 발전기를 산 코펜하겐 주민들의 행동에 공감하시나요?

"이 풍력 발전기들은 시청과 주민들이 함께 사들인 거예요."
"주민들이 발전기를 샀다고요?"
엄마는 깜짝 놀란 눈치였어요.
"네. 여기 보이는 발전기의 절반을요. 모두 스무 기니까 열 기겠네요. 발전기 덕분에 돈을 조금 벌 수 있게 됐죠. 은행에서 받는 이자와 비슷하지만 훨씬 더 유용해요."
나는 엄마가 왜 놀란 표정을 짓는지 궁금해서 눈썹을 치켜뜨고 엄마를 계속 쳐다봤어요. 아줌마가 웃으며 물었지요.
"좀 낯설게 느껴지시나요?
"그럼요. 사람들은 대부분 자기 물건을 사려고 돈을 쓰잖아요. 그런데 시를 위해서 돈을 냈다고 하니 우리에겐 익숙하지 않은 일이죠."(p. 42)

- 공감한다
- 공감하기 어렵다

2. 루의 가족은 '아이들이 행복한 교육을 실천하는 사람들'을 찾아 도착한 핀란드에서 공립학교의 카리 교장 선생님을 만납니다. 핀란드의 학교에서는 수학, 역사, 문법 외에도 뜨개질, 바느질, 옷 만들기, 빨래하기와 같은 것도 과목으로 배우고 있었는데요. 카리 교장 선생님은 이런 수업 덕분에 학생들이 독립 생활도 잘 할 수 있고 자기 적성도 알게 된다면서 적성을 알게 된 학생들은 '절반은 기술직을 선택하고 절반만 대학에 간'(p.88)다고 알려줍니다. 여러분이라면 이런 핀란드 공립학교에 다니고 싶은가요?

우리는 다른 교실에도 들어가 보았어요. 아이들은 우리와 똑같이 수학, 역사, 문법을 배우지만, 우리 학교에서는 가르치지 않는 과목도 많이 배우고 있었어요. 뜨개질과 바느질, 옷 만들기, 나무와 금속, 가죽 다루기, 물건 만들기, 빨래하기, 정리하기, 청소하기, 요리하기, 그림 그리기, 악기 다루기 같은 거였어요.

엄마 아빠가 우리도 그런 걸 배우면 좋을 것 같다고 하자 카리 선생님이 다시 말을 이었지요.

"이런 수업 덕분에 아이들이 부모에게서 독립해도 잘 살아갈 수 있습니다. 적성도 알 수 있고요. 졸업생 중 절반은 기술직을 선택하고 절반만 대학에 간답니다."

"기술직은 공부 못하는 사람이 갖는 직업 아니에요? 저랑 가장 친한 친구의 언니는 두 번이나 낙제하는 바람에 기술고등학교에 갔어요."

"여기에서는 그렇지 않단다. 제빵사가 되는 것이 은행에서 일하는 것만큼 중요하다고 생각하지."

"물론이죠. 제빵사가 더 중요해요. 돈은 먹을 수 없잖아요."

파블로가 혼잣말을 했어요. 아깝다, 내가 먼저 생각해 냈어야 하는 건데!(p. 88-89)

- 다니고 싶다

- 다니고 싶지 않다

※ 기억에 남는 한마디와 함께 토론 소감을 나눠봅시다.

중등반(중1·2)

『아파트에서 기린을 만난다면?』

최종욱 지음, 창비, 2016

자유논제

1. 『아파트에서 기린을 만난다면?』에서 저자는 현재 일하고 있는 동물원을 비롯해 대관령 목장, 유기 동물 보호소, 동물 부검실 등에서 만난 동물들 이야기를 들려주고 있습니다. 다양한 동물들의 삶을 소개하는 동시에, 동물에 대한 애정을 바탕으로 동물 복지에 관한 이슈들을 제시하는데요. 여러분은 이 책을 어떻게 읽었나요? 별점과 소감을 나눠봅시다.

별점	☆☆☆☆☆
읽은 소감	

2. 『아파트에서 기린을 만난다면?』을 읽고 인상 깊은 부분이나 장면이 있었나요?

3. 동물보호소에서 근무하던 저자는, 유기 동물들이 20일 안에 분양되지 않으면 안락사 당하는 상황을 무척 안타까워합니다. 고민 끝에 외로운 사람들과 안락사 위기에 놓인 동물들을 맺어주는 사업을 추진하는데요. 한마디로 "동물과 인간 사이에 중매를 서는 것"(p.20)이었습니다. 인간과 동물이 서로에게 큰 위로가 될 수 있다고 생각하기 때문인데요. 여러분은 이 부분을 어떻게 보셨나요?

> 나는 외로운 사람들과 안락사 직전에 놓인 유기 동물들을 맺어 주면 어떨까 하는 생각을 해 보았다. 독거노인이나 장애인, 형편이 어려운 가정의 어린이들에게는 반려동물이 큰 위로가 될 것이다. 그 둘이 서로 이어질 수만 있다면 외로움에 시달리던 사람은 반려동물을 통해 삶의 위안과 희망을 얻고, 유기동물 또한 전부는 아니더라도 선택된 몇몇은 죽음의 운명에서 헤어 나올 수 있을 것이다. 사업의 이름은 "유기 동물을 활용한 소외계층 정서 안정 사업"이고 슬로건은 "사람에게 희망을 동물에겐 생명을"이었다. 내 제안이 통과되어, 2013년부터 시의 재정 지원을 받아서 사업을 시작하게 되었다. (중략) 개에게는 새로운 가족이 생기고, 사람에게는 새로운 친구가 생기니 일석이조였다. 어쩌면 수의사로서 내가 맡았던 일 중 가장 아름다운 업무일지도 모르겠다.(p.19-20)

4. 저자는 '도시 생태계'라는 개념을 언급합니다. 인간의 무관심과 자연의 섭리 덕에 도심의 생태계가 안정적인 단계로 성장했다고 하는데요. 이와 달리 도시와 야생의 경계에서는 인간과 동물의 마찰이 일어나고 있음을 밝힙니다. 그러면서 '도시에서는 공생의 지혜가, 도시 바깥에서는 양보의 미덕이 필요하다'(p.234)고 합니다. 여러분은 이러한 저자의 의견을 어떻게 보셨나요?

멧돼지의 주 먹잇감은 벼와 고구마 등의 작물이다. 너구리 또한 닭이나 오리 같은 가금류를 잡아먹는다. 이 대열에 청설모와 까치까지 가세하여 야산의 과수원마저 위협하고 있다. 이런 이유로 인간과의 갈등이 끊이지 않는다. 그러나 보다 근본적인 원인은 인간이 야생동물 구역에 침범했다는 데 있다. 인간은 끈질긴 '개척 정신'으로 동물들의 깊은 터전까지 파고들었다. 도심의 야트막한 야산들은 대부분 아파트에 둘러싸여 섬이 되어 가고 있다. 당연히 그곳에 원래 살던 동물들은 고립되어 인간과 부딪힐 수밖에 없다. (중략) 옛날에는 멧돼지가 나타나면 어떻게 하셨는지 궁금했다. 그분의 대답 안에 답이 있었다. "원래 그런 곳에는 농사를 짓지 않았으니 멧돼지를 볼 일도 없었어."

인간이 사는 데에 인간이, 동물이 사는 곳에 동물이 살면 되는 것이다. 도시에서 공생의 지혜가 필요하다면, 도시 바깥에서는 양보의 미덕이 필요하다. (p.233-234)

5. 동물원에 있는 동물들 중에는 짝을 잃은 뒤 오히려 더욱 즐겁게 살아가는 암컷들이 있다고 합니다. 단봉낙타 낙순이, 암컷 기린 아린이 등 그 사례는 끝이 없다고 하는데요. 저자는 이런 동물들의 모습을 보면서 "인간의 기준으로 동물들의 삶을 생각해서는 안 된다"(p.73)는 교훈을 다시 한번 떠올립니다. 여러분은 이 부분을 어떻게 보셨나요?

수컷이 죽은 그다음 날부터 사육장을 독차지하게 된 아린이는 그동안 수컷만 주로 했던 주변 나무줄기 빨기, 울타리 기둥 빨기, 운동장 달리기 등을 즐기며 정말 활기차게 변했다. 외로움 같은 건 우리의 기우에 불과했다.(p.72)

처음 동물원에 왔을 땐 어떤 동물이든 짝을 지어 주는 것이 동물들의 생태를 위해서 최선인 줄 알았다. 그래서 홀로 된 것들이 생기면 전국을 수소문해서 짝을 지어 주려고 노력했다. 하지만 하나 둘 생겨난 '과부'들을 안타까운 마음으로 지켜보다가 그들에게는 홀로서기라는 다른 즐거움이 있다는 것을 알게 되었다. 그들에게도 화려한 싱글이 있고, 행복한 싱글의 삶이 있는 듯하다. 그들에게 새 짝을 지어 준다는 것은 훨씬 더 진지한 고민이 필요한 것임을 절감한다. 인간의 기준으로 동물들의 삶을 생각해서는 안 된다는 교훈을 또 한번 얻는다.(p.73)

선택논제

1. 저자는 동물원의 존재 이유에 대해 고민할 때가 있다고 합니다. 동물원을 없애야 한다는 주장 때문인데요. 경제성이 없다는 것과 갇혀 지내는 동물들이 불쌍하다는 것이 그 이유입니다. 그러나 저자는 "동물원을 없애야 한다는 주장에 선뜻 동의하기 어렵다"(p.92)고 합니다. 여러분은 동물원이 꼭 필요하다고 생각하나요?

동물원은 없어져야 한다는 이야기를 요즘 심심찮게 듣기 때문이다. 대표적인 이유는 두 가지이다. 하나는 경제성이 없다는 것이고 또 하나는 갇혀 지내는 동물들이 불쌍하다는 것이다. (중략) 동물원이 탄생한 배경에는 상업적인 의도가 강했지만 몇 백 년의 역사를 통해서 동물원은 그 나름대로 철학 혹은 문화성을 갖추게 되었다. (중략) 당장 동물원이 없어진다면 그들은 자연의 미아가 되거나 죽임을 당할 운명의 던져질 수밖에 없다. 이미 동물원에서는 자연에서 멸종해 가는 동물들을 복원해 자연으로 돌려보내는 일을 하고 있다. 동물원을 궁극적으로 없애기 위해 그들을 서서히 모두 자연으로 보낸다고 가정하자. 하지만 역사가 반복되지

> 않는다고 누가 보장할 수 있을까. 미래의 누군가가 새로운 동물원을 만들려고 시도한다면, 자연에 사는 동물들은 또 다시 그 잔인한 밀렵의 과정을 겪게 되지 않을까? 그래서 나는 동물원을 없애야 한다는 주장에 선뜻 동의하기가 어렵다.(p.91-92)

- 꼭 필요하다

- 꼭 필요하지 않다

2. 1992년부터 시행된 소고기 등급제는 우여곡절 끝에 정착되었지만 남아 있는 문제가 있습니다. 예를 들어 살찐 소가 높은 등급을 받다보니 "축산 농가에서는 소를 살찌우기 위한 갖가지 방법을 동원"(p.173)한다고 합니다. 그러나 정작 소의 입장에서는 달갑지 않은 상황일 수도 있는데요. 여러분은 소고기 등급제가 유지되어야 한다고 생각하나요?

> 현행 등급제에서 높은 등급을 받는 소는 대개 살찐 소, 보기 좋은 소이다. 한마디로 지방 함량이 높은 소들이다. 이런 소가 높은 등급을 받다 보니, 축산농가에서는 그야말로 소를 살찌우기 위한 갖가지 방법이 다 동원된다. (중략) 하지만 소 입장에서는 그런 대접이 별로 달갑지 않을 것이다. 그런 몸을 유지하려면 평생 목초지 한번 원 없이 밟아 볼 수 없는 신세가 되기 때문이다. (중략) 이런 문제가 있는데도 등급제를 실시하는 가장 큰 이유는 인간의 기호 때문이다. 이른바 마블링 효과라고 해서 고기에 기름이 있으면 불판에서 지글지글 잘 익고 맛도 좋다. 사람들이 입에서 살살 녹는 연하고 부드러운 고기를 원하니 등급제를 벗어나기 힘들다. (중략) 맛에 대한 고정관념을 극복하려는 노력, 지방이 적은 고기라도 맛있는 요리를 개발하려는 노력, 고기를 맛있게 숙성시키는 방법에 대한 연구 등 다양한 노력이 뒤따른다면, 소들이 좀 더 나은 생을 누릴 수 있을 것이다.(p.173-174)

- 그렇다
- 그렇지 않다

※ 기억에 남는 한마디와 함께 토론 소감을 나눠봅시다.

고등반(중3~고2)

『철학, 과학 기술에 다시 말을 걸다』

이상헌 글·정재환 그림, 주니어김영사, 2016

자유논제

1. 『철학, 과학 기술에 다시 말을 걸다』는 철학자의 눈으로 오늘날의 첨단 기술을 바라보고 인문학적 성찰을 담은 책입니다. 저자인 철학자 이상헌은 인공지능, 정보 통신 기술, 신경공학, 생명공학 등 다양한 미래 기술들을 소개하고 이러한 과학기술들에 대해 철학적 반성을 시도하는데요. 여러분은 이 책을 어떻게 읽었나요? 별점과 소감을 나눠봅시다.

별점	☆☆☆☆☆
읽은 소감	

2. 『철학, 과학 기술에 다시 말을 걸다』를 읽고 인상 깊은 부분이나 장면이 있었나요?

3. 저자는 자율 주행 자동차와 관련하여 복잡한 윤리적 문제를 지적합니다. 캐나다의 제이슨 밀러가 트롤리 문제를 변형해 고안한 '터널 문제'(p.20)라는 사고실험입니다. 자율 주행 자동차를 타고 좁은 산길을 운행하고 있다고 가정했을 때 한 아이가 갑자기 도로에 나타나 쓰러졌는데 자동차를 멈추어 이 아이를 피할 시간이 없다고 했을 때 선택지는 두 가지라고 했는데요. "아이를 치고 지나가든지, 아니면 주행 방향을 확 바꾸는 것" 두 가지인데, 방향을 바꾸면 운전자가 사망하고 아이를 치면 아이가 사망한다고 했을 때 밀러는 "이런 상황에서 의사 결정을 누가 할 것인지를" 물으며 "이것은 사고의 책임을 누가 질 것인지에 대한 물음이기도 하다"(p.20)라고 했다고 합니다. 여러분은 자율 주행 자동차와 관련한 이런 문제점에 대해 어떻게 보셨나요?

> 밀러는 이런 상황에서 의사 결정을 누가 할 것인지를 묻는다. 이것은 사고의 책임을 누가 질 것인지에 대한 물음이기도 하다. 자율 주행 자동차에 탑승한 사용자가 결정하도록 할 것인가, 아니면 제조 업체가 결정 권한을 갖고 미리 프로그램을 짜 놓을 것인가, 아니면 정부가 그런 상황에 대한 지침을 만들어 주어야 하는가?
>
> 사용자에게 의사 결정 권한을 주었을 때 별 문제가 없을까? (…) 자율 주행 자동차에 윤리적 설정 옵션을 만들어 놓자는 의견도 있다. 이렇게 되면 이용자의 성향이나 품성에 따라 윤리적 설정을 조정할 가능성이 있다. 예컨대, 자율 주행 자동자가 운행되는 곳이 미국이라면, 백인 이용자가 유색 인종보다 백인을 우선시하는 운행 규칙을 설정할 수도 있다.
>
> 자동차를 만든 회사에게 윤리적 의사 결정의 권한을 맡기는 방식은 자동차 회사에 부담을 줄 것이다. 그렇게 되면 사고의 책임을 자동차 회사가 져야 하기 때문이다. (…) 그렇다고 이용자가 윤리적 설정을 하도록 제품을 만든다고 해서 자동차 회사가 모든 책임으로부터 면책되는 것은 아닐 것이다.
>
> 정부가 자율 주행 자동차의 윤리적 행동 지침을 마련해 주는 것은 어떨

까? 그러면 다음 문제는 그 내용이 무엇이며 어떤 원칙에 따라 자율 주행 자동차가 행동하게 만들 것인지를 결정하는 것이다. 과정을 조금 건너 뛰어 사회적 합의를 통해 자율 주행 자동차의 행동을 규정하는 윤리적 원칙을 마련했다고 가정하자. 자율 주행 자동차는 상당한 자율적 판단 능력을 지닐 것이다. 자동차 회사는 충분히 완성도 있는 자율 주행 자동차를 만들 것이다. 그러면 이제 자율 주행 자동차의 행동으로부터 야기되는 문제를 자율 주행 자동차의 책임으로 돌릴 수 있을까? (p.20-21)

4. 저자는 정보 통신 기술의 발달이 프라이버시의 영역을 확대하는 데 기여했지만 프라이버시를 보호하기 어렵게 만들기도 했다고 얘기합니다. "많은 경우에 정보 통신 기술의 이용은 우리에게 프라이버시를 양보할 것을 요구한다"(p.75)고 하는데요. 저자는 우리가 프라이버시 침해에 대해 상상 이상으로 둔감한 면이 있지 않은가 하는 생각이 든다고 하면서 "오늘날 프라이버시를 기술 진보의 혜택으로 치루어야 하는 작은 대가 정도로 생각하는 사람들이 많다"(p.76)고 합니다. 여러분은 저자의 이런 생각을 어떻게 보셨나요?

가만히 보면 우리는 프라이버시 침해에 대해 상상 이상으로 둔감한 면이 있지 않은가 하는 생각이 든다. 미국의 사회학자 마크 포스터가 말했듯이, 오늘날 한 명의 소비자로서 우리는 어떤 혜택을 제공받거나 서비스의 편리함은 거부할 수 없는 유혹이지만 개인 정보의 제공으로 인한 손실을 바로 실감하는 것이 아니기 때문일 것이다. 기업의 제품 홍보 사이트에 접속하여 상품을 받고 자신의 전화번호와 주소, 이름을 남긴다고 해서 바로 어떤 피해가 발생하지 않는다. 아마 나중에 광고 문자나 메일이 오기는 하겠지만 상품을 받은 대가로 지불할 만한 번거로움 정도로 생각될 수 있다. 혹시 그 정보들이 다른 용도로 사용되거나 악용하려는 사람들의 손에 들어갈 수도 있지만 그것은 어디까지나 가능성일 뿐이라고 생각할 것이다. 이러한 태도가 프라이버시에 대한 사회적 의식을 약화시킨다는 데까지 생각이 미치는 사람은 아마 드물 것이다. 결론은, 오늘날 프라이버시를 기술 진보의 혜택으로 치루어야 하는 작은 대가 정도로 생각하는 사람들이 많다는 것이다. (p.75-76)

5. 저자는 20세기에는 태어날 아이의 성을 선택하는 것이 옳은 일인지에 대한 논란이 있었지만 미래에는 "아이의 성이 아니라 유전적 구성을 선택하는 것이 논란의 중심"(p.156)이 될 것이라고 했습니다. 저자는 사람들이 "치료 목적의 경우에는 유전자 선택이 얼마든지 정당화되고 허용될 수 있지만 단순히 선호도를 만족시키거나 능력 향상을 목적으로 하는 경우에는 정당화되기 어렵고, 허용되어서는 안 된다고 생각한다"(p.157)고 말합니다. 저자는 치료 목적에서 이루어지는 행위를 '소극적 선택', 능력 향상 목적에서 이루어지는 행위를 '적극적 선택'이라고 했을 때 "부모의 소극적 선택과 적극적 선택의 구분이 한쪽은 정당하고 다른 한쪽은 정당하지 않다고 판단할 만한 근거인지 의심스럽다"(p.158)고 했는데요. 여러분은 저자의 이런 견해를 어떻게 보셨나요?

임산부가 흡연이나 음주를 자제하는 행동은 소극적인 것이고, 태아에게 좀 더 유익할 것 같은 음식을 섭취하는 행동은 좀 더 적극적인 행위이다. 물론 좋은 음식을 선택하는 것과 좋은 유전자를 선택하는 것이 같은 것은 아니지만, 여기서 말하고 싶은 것은 소극적 선택과 적극적 선택의 구분이 어떤 행위를 정당화하는 데 결정적인 역할을 하지 않는다는 것이다. 아래의 가상의 사례는 이를 좀 더 분명하게 보여 준다.

서로를 끔찍하게 사랑하는 부부가 있다. “당신의 파란 눈과 나의 갈색 머리 색을 물려받은 아이를 낳자!”라는 남편의 말에 아내는 전적으로 동의한다. 부부의 바람은 이루어질까? 현재는 운에 맡길 수밖에 없다. 그런데 기술을 이용하면 바람을 이룰 수 있다고 상상해 보자. 기술을 이용하는 선택이 잘못된 것일까?

아이가 태어났는데 운이 좋아서 부부의 바람이 이루어졌다면 부부는 얼마나 기쁠까? 더 행복하게 지낼 가능성이 클 것이다. 아이를 더 사랑할 가능성도 있다. 물론 바람대로 이루어지지 않는다고 해서 부부의 사이가 나빠지거나 부부가 아이를 사랑하지 않게 된다고 생각할 필요는 없다. 하지만 거꾸로 저 부부가 서로 싫어하는 점만을 닮은 아이가 태어났다고 가정해 보자. 부부가 덜 행복해질 가능성이 있지 않을까? 그리고 그 아이가 미움을 받을 가능성이 조금이라도 더 커지지 않을까? 그러면 기술의 도움으로 부부가 서로 좋아하는 점만 닮은 아이가 태어나게 하는 것이 부부뿐만 아니라 태어날 아이에게도 좋은 일이 아닐까? (p.159)

선택논제

1. 이 책은 인공지능의 발전이 가져올 일자리의 변화에 대한 두 가지 전망을 소개하고 있습니다. 첫 번째 견해는 “실제로 인공지능으로 인력을 대체하고 구조 조정을 하겠다고 밝힌 기업들이 있다”(p.45)며 이런 식의 인력 감축이 계속해서 일어날 것이라고 전망합니다. 인공지능이 인간의 일자리를 빼앗아 갈 것이라고 우려하고 있는데요. 하지만 구글의 에릭 슈미트 회장의 말을 인용해 “인공지능으로 인해 많은 일자리가 사라지겠지만 또한 많은 새로운 일자리가 생겨날 것이다”(p.46)라고도 합니다. 여러분은 인공지능 발전으로 인한 일자리 변화에 대한 두 전망 중 어떤 의견에 더 공감하시나요?

매년 스위스의 다보스에서 개최되는 세계 경제 포럼인 다보스 포럼은 2016년 보고서에서 인공지능의 부상으로 5년 뒤에 700만 개 이상의 일자리가 없어질 것이라고 했다. 최근 옥스퍼드대학교의 연구진은 미국의 직업 가운데 47퍼센트가 20년 이내에 자동화될 것이라고 예상했다. 특히 정보 처리를 기반으로 하는 금융과 투자 업계에서는 인공지능의 역할이 높아지면서 미국 금융계의 일자리 가운데 54퍼센트가 5년 내에 인공지능으로 대체될 것이라는 예측을 내놓았다. (p.45)

하지만 모든 사람들이 인공지능과 같은 새로운 기술의 등장에 대해 비판적으로 보고 있지는 않다. 2015년 영국에서 개최된 '직업의 미래' 포럼에서 구글의 에릭 슈미트 회장은 기술이 일자리 혁명을 가져올 것이라는 낙관론을 펼쳤다. 슈미트는 기술의 발전과 미래의 불안을 연관 짓는 것은 근거 없는 일이라고 말한다. 기술의 발전으로 인해 사라지는 일자리가 있겠지만, 그것은 일자리의 절대적인 감소가 아니라 일자리의 변화로 보아야 한다고 했다. (……) 또한 미국의 대표적인 블로그 뉴스인 허핑턴 포스트의 아리아나 허핑턴 대표도 기술의 발달이 일자리 감소를 불러오지 않을 것이라고 말했다. 허핑턴 대표는 기술의 발달로 기계가 사람의 일자리를 대체할 것이라는 우려는 사실이 아니며, 오히려 굉장히 많은 새로운 일자리가 생길 것이라고 주장했다. (p.46)

- 일자리가 감소될 것이다

- 일자리가 감소되지 않을 것이다

2. 저자는 이제까지 시도되었던 동물의 뇌 이식 사례를 소개하며 인간의 뇌 이식도 곧 이루어질 것이라고 했습니다. 이 책에 소개된 카로베나 박사팀은 실제로 2017년에 죽은 시신을 대상으로 세계 최초 인간 뇌 이식에 성공했다고 하는데요. 하지만 저자는 '문제는 기술이 아니라 윤리'(p.126)라며 "뇌 이식 혹은 머리

이식은 심각한 정체성 문제를 발생시킨다"(p.127)고 우려합니다. 예를 들어, 머리 이식 수술으로 A의 머리와 B의 몸통이 결합되어 있다면 여러분은 누가 그 개인의 정체라고 생각하시나요?

> 그런데 머리 이식의 경우, 이런 식의 생각으로는 개인의 동일성을 설명하는 데 문제가 생긴다. A의 머리와 B의 몸통이 결합되어 있다면, 그 사람은 A인가, B인가? 몸을 근거로 개인의 동일성을 설명하려고 하면 이 물음에 답하기 곤란하다. 어떤 사람들은 몸 가운데서도 뇌가 핵심이라고 주장할 듯하다. 그래서 몸통의 주인이 아니라 뇌의 주인, 즉 머리의 주인이 그 개인의 정체라고 말할 것이다. 그러니까 개인의 동일성의 근거는 우리 몸 가운데서도 뇌라는 것이다.
>
> 그런데 나를 나로 만들어 주는 것이 뇌라는 것은 무슨 뜻일까? 우리는 왜 그렇게 말하는 것일까? 뇌가 우리의 생각과 감정의 중추이며, 의식과 인격의 장소라고 생각하기 때문이다. 생각과 감정, 의식과 인격이 뇌와 관련이 있기는 해도, 이것들 모두를 뇌와 일치시킬 수 있을까? 우리의 의식과 인격을 뇌와 일치시킬 수 있다면 우리는 더 이상 자유로운 존재도 아니고 책임져야 하는 존재도 아니게 될 것이다. 뇌는 자연 법칙, 즉 물리 법칙과 생화학적 법칙에 종속되어 있는 신체 기관이기 때문이다. (p.130-131)

- 몸통의 주인

- 뇌(머리)의 주인

※ 기억에 남는 한마디와 함께 토론 소감을 나눠봅시다.

부록3

책통아 진행도서 목록 (2017~2019년)

입문반(초1·2)

2017년 상반기

회차	도서	분야
1강	**『괴물들이 사는 나라』** 모리스 샌닥 글·그림, 강무홍 옮김, 시공주니어, 2002	그림책
2강	**『거짓말』** 카트린 그리브 글·프레데리크 베르트랑 그림, 권지현 옮김, 씨드북, 2016	그림책
3강	**『이게 정말 천국일까?』** 요시타케 신스케 글·그림, 고향옥 옮김, 주니어김영사, 2016	그림책
4강	**『얼룩말의 직업 찾기』** 토비 루츠 글·그림, 한라경 옮김, 책내음, 2016	동화
5강	**『물의 하루』** 마이테 라부디그 글·그림, 하연희 옮김, 아름다운사람들, 2016	환경
6강	**『시계 임금님』** 고스기 사나에 글·다치모토 미치코 그림, 주니어RHK, 2016	그림책
7강	**『도와줘요, 헬멧 박사님!』** 허은실 글·정문주 그림, 스콜라, 2016	과학

2017년 하반기

회차	도서	분야
1강	**『자전거를 못 타는 아이』** 장자크 상페 글·그림, 최영선 옮김, 열린책들, 2018	그림책
2강	**『따로 따로 행복하게』** 배빗 콜 글·그림, 보림, 1999	그림책
3강	**『나도 학교에 간다』** 카리 린 윈터스 글·스티븐 테일러 그림, 이미영 옮김, 내인생의책, 2014	동화
4강	**『책으로 전쟁을 멈춘 남작』** 질 바움 글·티에리 드되 그림, 정지숙 옮김, 북뱅크, 2017	그림책
5강	**『늑대가 들려주는 아기돼지 삼형제 이야기』** 존 셰스카 글·레인 스미스 그림, 황의방 옮김, 보림, 1996	그림책
6강	**『돼지도 누릴 권리가 있어』** 백은영 글·남궁정희 그림, 와이즈만BOOKs, 2015	환경
7강	**『달리기왕』** 이승민 글·최정인 그림, 책과콩나무, 2017	동화

2018년 상반기

회차	도서	분야
1강	**『여우』** 마거릿 와일드 글·론 브룩스 그림, 강도은 옮김, 파랑새, 2012	그림책
2강	**『완벽한 아이 팔아요』** 미카엘 에스코피에 글·마티외 모데 그림, 박선주 옮김, 길벗스쿨, 2017	그림책
3강	**『저, 할 말 있어요!』** 저스틴 로버츠 글·크리스티안 로빈슨 그림, 김소연 옮김, 주니어김영사, 2016	그림책
4강	**『삐딱이 고양이』** 제이슨 카터 이튼 글·거스 고든 그림, 김마이 옮김, 주니어김영사, 2017	그림책
5강	**『너, 무섭니?』** 라피크 샤미 글·카트린 셰러 그림, 엄혜숙 옮김, 논장, 2017	그림책
6강	**『고약한 결점』** 안느-가엘 발프 글·크실 그림, 이성엽 옮김, 파랑새, 2017	그림책
7강	**단편 「라면 한 줄」『쿵푸 아니고 똥푸』** 차영아 글·한지선 그림, 문학동네어린이, 2017	동화

2018년 하반기

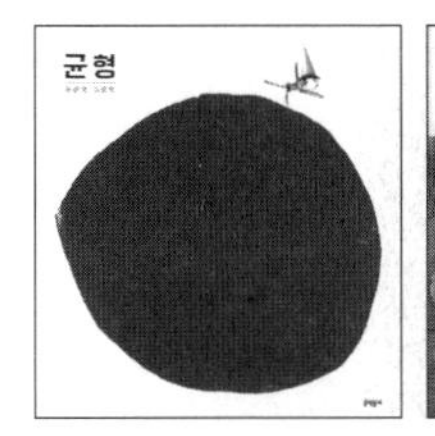

회차	도서	분야
1강	**『균형』** 유준재 글·그림, 문학동네어린이, 2016	그림책
2강	**『늑대와 오리와 생쥐』** 맥 바넷 글·존 클라센 그림, 홍연미 옮김, 시공주니어, 2017	그림책
3강	**『파란 도시』** 마르코 비알레 지음, 이현경 옮김, 스콜라, 2016	그림책
4강	**『고라니 텃밭』** 김병하 지음, 사계절, 2013	그림책
5강	**『스파이더맨 가방을 멘 아이』** 조르지아 베촐리 글·마시밀리아노 디 라우로 그림, 이승수 옮김, 머스트비, 2016	동화
6강	**『나, 진짜 사람이야!』** 엘렌 두티에 글·다니엘라 마르타곤 그림, 어린이철학교육연구소 옮김, 마루벌, 2017	그림책
7강	**『네모 상자 속의 아이들』** 토니 모리슨·슬레이드 모리슨 글·지젤 포터 그림, 이상희 옮김, 문학동네어린이, 2000	그림책

2019년 상반기

회차	도서	분야
1강	**『모자를 보았어』** 존 클라센 글·그림, 서남희 옮김, 시공주니어, 2016	그림책
2강	**『배고픈 거미』** 강경수 글·그림, 그림책공작소, 2017	그림책
3강	**『샘과 데이브가 땅을 팠어요』** 맥 바넷 글·존 클라센 그림, 서남희 옮김, 시공주니어, 2014	그림책
4강	**『불곰에게 잡혀간 우리 아빠』** 허은미 글·그림, 김진화 그림, 여유당, 2018	그림책
5강	**『아나톨의 작은 냄비』** 이자벨 카리에 글·그림, 권지현 옮김, 씨드북, 2014	그림책
6강	**『흔들흔들 다리에서』** 기무라 유이치 글·하타 고시로 그림, 김소연, 천개의바람, 2016	그림책
7강	**『꼬마 임금님의 전쟁놀이』** 미헬 스트라이히 글·그림, 정회성 옮김, 풀빛, 2014	그림책

기초반(초3·4)

2017년 상반기

회차	도서	분야
1강	**『괴물들이 사는 나라』** 모리스 샌닥 글·그림, 강무홍 옮김, 시공주니어, 2002	그림책
2강	**『샤일로』** 필리스 레이놀즈 네일러 지음, 이강 그림, 국지수 옮김, 서돌, 2004	동화
3강	**『모차르트를 위한 질문』** 마이클 모퍼고 지음, 마이클 포맨 그림, 김영선 옮김, 웅진주니어, 2010	역사동화
4강	**『브레인 서바이벌 미로 탈출』** 김용세 지음, 정인하 그림, 주니어김영사, 2015	과학
5강	**『투명한 아이』** 안미란 지음, 김현주 그림, 어린이나무생각, 2015	인권동화
6강	**『우리, 함께 살아요!』** 한미경 지음, 정진호 그림, 현암사, 2015	환경
7강	**『장 발장』** 빅토르 위고 지음, 김세온 그림, 강명희 옮김, 지경사, 2001	고전

2017년 하반기

회차	도서	분야
1강	**『자전거를 못 타는 아이』** 장자크 상페 글·그림, 최영선 옮김, 열린책들, 2018	그림책
2강	**『축구공으로 불을 밝혀라』** 미셸 멀더 지음, 김아림 옮김, 초록개구리, 2015	과학
3강	**『봉주르, 뚜르』** 한윤섭 지음, 김진화 그림, 문학동네어린이, 2010	문학
4강	**『내 꿈이 어때서』** 초등학교 62명 아이들 지음, 허구 그림, 휴먼어린이, 2016	에세이
5강	**『뒷간 지키는 아이』** 김해우 지음, 이수진 그림, 함께자람, 2014	문학
6강	**『생각하는 것이 왜 중요할까요?』** 이관호 지음, 양수홍 그림, 어린이나무생각, 2016	철학
7강	**『행복한 늑대』** 엘 에마토크리티코 지음, 알베르토 바스케스 그림, 박나경 옮김, 봄볕, 2016	문학

2018년 상반기

회차	도서	분야
1강	**『여우』** 마거릿 와일드 글·론 브룩스 그림, 강도은 옮김, 파랑새, 2012	그림책
2강	**『세상에서 제일 무거운 황금 접시』** 버나뎃 와츠 글·그림, 김서정 옮김, 봄볕, 2016	그림책
3강	**『말라깽이 돼지 애니』** 조찬양 글·이갑규 그림, 킨더랜드, 2017	동화
4강	**『바람을 가르다』** 김혜온 지음, 신슬기 그림, 샘터사, 2017	사회
5강	**『아동 노동』** 공윤희·윤예림 지음, 윤봉선 그림, 풀빛, 2017	인권
6강	**『아빠가 사라졌다』** 청웨이 지음, 김미희 그림, 강영희 옮김, 단비어린이, 2014	동화
7강	**『좋은 돈, 나쁜 돈, 이상한 돈』** 권재원 지음, 창비, 2015	경제

2018년 하반기

회차	도서	분야
1강	**『균형』** 유준재 글·그림, 문학동네어린이, 2016	그림책
2강	**『안읽어 씨 가족과 책 요리점』** 김유 지음, 유경화 그림, 문학동네어린이, 2017	동화
3강	**『검은 비너스, 조세핀 베이커』** 패트리샤 흐루비 파월 글·크리스티안 로빈슨 그림, 서석영 옮김, 산하, 2013	인문
4강	**『마음도 복제가 되나요?』** 이병승 지음, 윤태규 그림, 창비, 2018	동화
5강	**『여우의 눈물』** 다지마 신지 지음, 박미정 그림, 계일 옮김, 계수나무, 2012	환경
6강	**『우리 모두가 주인이에요!』** 문미영 지음, 김언희 그림, 크레용하우스, 2017	사회
7강	**『홍당무』** 쥘 르나르 지음, 위혜정 옮김, 아이세움, 2006	고전

2019년 상반기

회차	도서	분야
1강	**『모자를 보았어』** 존 클라센 글·그림, 서남희 옮김, 시공주니어, 2016	그림책
2강	**『있으려나 서점』** 요시타케 신스케 지음, 고향옥 옮김, 온다, 2018	인문
3강	**『그 소문 들었어?』** 하야시 기린 지음, 쇼노 나오코 그림, 김소연 옮김, 천개의바람, 2017	동화
4강	**『이상해? 다양해!』** 아틀리에 실험실 지음, 김경연 옮김, 풀빛, 2018	인권
5강	**『우리들끼리 해결하면 안 될까요』** 박신식 지음, 김진희 그림, 내일을여는책, 2018	사회
6강	**『총을 든 여성 독립운동가, 남자현』** 김재복 지음, 이상권 그림, 꼬마이실, 2018	인물
7강	**『신호등 특공대』** 김태호 지음, 윤태규 그림, 문학과지성사, 2017	동화

기본반(초5·6)

2017년 상반기

회차	도서	분야
1강	**『괴물들이 사는 나라』** 모리스 샌닥 글·그림, 강무홍 옮김, 시공주니어, 2002	그림책
2강	**『마지막 아이들』** 최정금 지음, 고상미 그림, 해와나무, 2014	문학
3강	**『세상을 바라보는 힘, 미디어 이야기』** 우미아 지음, 이고은 그림, 아이세움, 2010	사회
4강	**『너는 나의 달콤한 □□』** 이민혜 지음, 오정택 그림, 문학동네어린이, 2008	문학
5강	**『나도 권리가 있어요』** 에드 에 악시몽·헤이디 그렘 지음, 올리비에 마르뵈프 그림, 천미나 옮김, 책과콩나무, 2013	인권
6강	**『위대한 유산』** 찰스 디킨스 지음, 왕은철 옮김, 푸른숲주니어, 2006	고전
7강	**『버들붕어 하킴』** 박윤규 지음, 아이완 그림, 푸른숲주니어, 2011	환경

2017년 하반기

회차	도서	분야
1강	**『자전거를 못 타는 아이』** 장자크 상페 글·그림, 최영선 옮김, 열린책들, 2018	그림책
2강	**『키다리 아저씨』** 진 웹스터 지음, 이주령 옮김, 시공주니어, 2003	고전
3강	**『린드그렌, 삐삐 롱스타킹의 탄생』** 카트린 하네만 지음, 우베 마이어 그림, 윤혜정 옮김, 한겨레아이들, 2012	인물
4강	**『먹는 과학책』** 김형자 지음, 나무야, 2019	과학
5강	**『열세 번째 아이』** 이은용 지음, 이고은 그림, 문학동네어린이, 2012	문학
6강	**『라이언』** 사루 브리얼리 지음, 정형일 옮김, 인빅투스, 2017 **영화 〈라이언〉** 가스 데이비스 감독, 2016	문학
7강	**『시간 가게』** 이나영 지음, 윤정주 그림, 문학동네어린이, 2013	문학

2018년 상반기

회차	도서	분야
1강	**『여우』** 마거릿 와일드 글·론 브룩스 그림, 강도은 옮김, 파랑새, 2012	그림책
2강	**『복제인간 윤봉구』** 임은하 지음, 정용환 그림, 비룡소, 2017	과학동화
3강	**『세상을 아프게 하는 말』** 오승현 지음, 소복이 그림, 토토북, 2015	사회
4강	**『프랑켄슈타인』** 메리 셸리 지음, 이인규 옮김, 푸른숲주니어, 2007	고전
5강	**『검정개 무스고』** 다비드 시리시 지음, 에스터 부르게뇨 그림, 김민숙 옮김, 시공주니어, 2017	동화
6강	**『부와 가난은 어떻게 만들어지나요?』** 모니크 팽송-샤를로·미셸 팽송 지음, 에티엔 레크로아트 그림, 목수정 옮김, 레디앙어린이, 2015	경제
7강	**『여름이 반짝』** 김수빈 지음, 김정은 그림, 문학동네어린이, 2015	동화

2018년 하반기

회차	도서	분야
1강	**『균형』** 유준재 글·그림, 문학동네어린이, 2016	그림책
2강	**『들꽃들의 합창』** 서지원 지음, 오승민 그림, 좋은책어린이, 2018	동화
3강	**『디자인은 어디에나 있어』** 이남석 외 지음, 김정윤 그림, 창비, 2018	예술
4강	**『홍당무』** 쥘 르나르 지음, 프란시스크 풀봇 그림, 김주경 옮김, 시공주니어, 2014	고전
5강	**『신문, 읽을까 클릭할까?』** 마리용 기요 지음, 니콜라 와일드 그림, 이은정 옮김, 내인생의책, 2014	사회
6강	**『지금은 없는 이야기』** 최규석 지음, 사계절, 2011	그림책
7강	**『대통령은 누가 뽑나요?』** 정관성 지음, 김미정 그림, 노란돼지, 2017	사회

2019년 상반기

회차	도서	분야
1강	**『모자를 보았어』** 존 클라센 글·그림, 서남희 옮김, 시공주니어, 2016	그림책
2강	**『쫄쫄이 내 강아지』** 이민혜 지음, 김민준 그림, 문학동네어린이, 2014	동화
3강	**『차별은 세상을 병들게 해요』** 오승현 지음, 백두리 그림, 개암나무, 2018	인권
4강	**『총을 든 여성 독립운동가, 남자현』** 김재복 지음, 이상권 그림, 꼬마이실, 2018	인물
5강	**『내일』** 시릴 디옹·멜라니 로랑 지음, 뱅상 마에 그림, 권지현 옮김, 한울림어린이, 2017 **다큐멘터리 〈내일〉** 멜라니 로랑·시릴 디옹 감독, 2015	사회
6강	**『어느 날 그 애가』** 이은용 지음, 국민지 그림, 문학동네어린이, 2017	동화
7강	**『사자왕 형제의 모험』** 아스트리드 린드그렌 지음, 일론 비클란드 그림, 김경희 옮김, 창비, 2015	문학

중등반(중1·2)

2017년 상반기

회차	도서	분야
1강	**『괴물들이 사는 나라』** 모리스 샌닥 글·그림, 강무홍 옮김, 시공주니어, 2002	그림책
2강	**『편의점 가는 기분』** 박영란 지음, 창비, 2016	문학
3강	**『나는 어떤 삶을 살아야 할까?』** 이계삼 · 홍세화 외 지음, 철수와영희, 2016	인문
4강	**『관찰한다는 것』** 김성호 지음, 이유정 그림, 너머학교, 2015	과학
5강	**『내 영혼이 따뜻했던 날들』** 포리스트 카터 지음, 조경숙 옮김, 아름드리미디어, 2014	문학
6강	**『십대 밑바닥 노동』** 이수정 · 윤지영 외 지음, 교육공동체벗, 2015	사회
7강	**『모리와 함께한 화요일』** 미치 앨봄 지음, 공경희 옮김, 살림, 2017	에세이

2017년 하반기

회차	도서	분야
1강	**『자전거를 못 타는 아이』** 장자크 상페 글·그림, 최영선 옮김, 열린책들, 2018	그림책
2강	**『모파상 단편선』 단편 「목걸이」** 기 드 모파상 지음, 권명희 옮김, 인디북, 2015	고전
3강	**『비밀의 숲 테라비시아』** 캐서린 패터슨 지음, 도나 다이아몬드 그림, 김영선 옮김, 사파리, 2012 **영화 〈비밀의 숲 테라비시아〉** 가버 추보 감독, 2007	문학
4강	**『성적은 짧고 직업은 길다』** 탁석산 지음, 창비, 2009	진로
5강	**『세상을 바꾸는 힘』** 하승창 · 고병권 외 지음, 궁리, 2015	인문
6강	**『그림에 차려진 식탁들』** 이여신 지음, 예문당, 2015	예술
7강	**『톰 소여의 모험』** 마크 트웨인 지음, 강미경 옮김, 문학동네, 2010	문학

2018년 상반기

회차	도서	분야
1강	**『여우』** 마거릿 와일드 글·론 브룩스 그림, 강도은 옮김, 파랑새, 2012	그림책
2강	**『오리진 1』** 윤태호 · 이정모 지음, 김진화 그림, 위즈덤하우스, 2017 **『오리진 2』** 윤태호 · 김현경 지음, 더미 그림, 위즈덤하우스, 2017	웹툰
3강	**『가족입니까?』** 김해원, 임태희 외 지음, 바람의아이들, 2010	문학
4강	**『나의 첫 젠더 수업』** 김고연주 지음, 창비, 2017	사회
5강	**『자기만의 철학』** 탁석산 지음, 창비, 2011	인문
6강	**『그때 프리드리히가 있었다』** 한스 페터 리히터 지음, 배정희 옮김, 보물창고, 2005	고전
7강	**『몬스터 콜스』** 시본 도우드·패트릭 네스 지음, 짐 케이 그림, 홍한별 옮김, 웅진주니어, 2012 **영화 〈몬스터 콜〉** 후안 안토니오 바요나 감독, 2016	문학

2018년 하반기

회차	도서	분야
1강	**『균형』** 유준재 글·그림, 문학동네어린이, 2016	그림책
2강	**『열다섯 살의 용기』** 필립 후즈 지음, 김민석 옮김, 돌베개, 2011	인권
3강	**단편 「#구멍」『#구멍』** 은이결 지음, 라임, 2017	문학
4강	**『지금 독립하는 중입니다』** 하지현 지음, 창비, 2017	심리학
5강	**『동급생』** 프레드 울만 지음, 황보석 옮김, 열린책들, 2017	문학
6강	**『아파트에서 기린을 만난다면?』** 최종욱 지음, 창비, 2016	사회
7강	**「네 인생의 이야기」『당신 인생의 이야기』** 테드 창 지음, 김상훈 옮김, 엘리, 2016 **영화 〈컨택트〉** 드니 빌뇌브 감독, 2016	문학

2019년 상반기

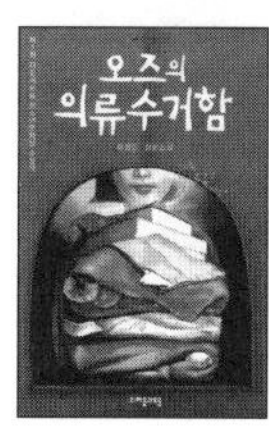

회차	도서	분야
1강	**『모자를 보았어』** 존 클라센 글·그림, 서남희 옮김, 시공주니어, 2016	그림책
2강	**『나쁜 소년은 없다』** 월터 딘 마이어스 지음, 김선영 옮김, 책담, 2018	문학
3강	**『멋진 신세계』** 올더스 헉슬리 지음, 이혜인 옮김, 푸른숲주니어, 2017	고전
4강	**『10대를 위한 정의란 무엇인가』** 마이클 샌델 원작, 신현주 글·조혜진 그림, 아이세움, 2014	사회
5강	**『오즈의 의류 수거함』** 유영민 지음, 자음과모음, 2014	문학
6강	**『철학, 과학 기술에 다시 말을 걸다』** 이상헌 지음, 정재환 그림, 주니어김영사, 2016	인문
7강	**『한홍구의 청소년 역사 특강』** 한홍구 지음, 철수와영희, 2016	역사

고등반(중3~고2)

2017년 상반기

회차	도서	분야
1강	**『괴물들이 사는 나라』** 모리스 샌닥 글·그림, 강무홍 옮김, 시공주니어, 2002	그림책
2강	**『김영란의 책 읽기의 쓸모』** 김영란 지음, 창비, 2016	글쓰기
3강	**『모모』** 미하엘 엔데 지음, 한미희 옮김, 비룡소, 1999	문학
4강	**『시민의 불복종』** 헨리 데이비드 소로우 지음, 강승영 옮김, 은행나무, 2017	인문
5강	**『잘못은 우리 별에 있어』** 존 그린 지음, 김지원 옮김, 북폴리오, 2012	문학
6강	**『브레인 오디세이』** 알렉산더 뢰슬러·필리프 슈테르처 지음, 조성호 그림, 조경수 옮김, 돌베개, 2015	과학
7강	**『장화홍련전』** 고영 지음, 이윤엽 옮김, 북멘토, 2015	고전

2017년 하반기

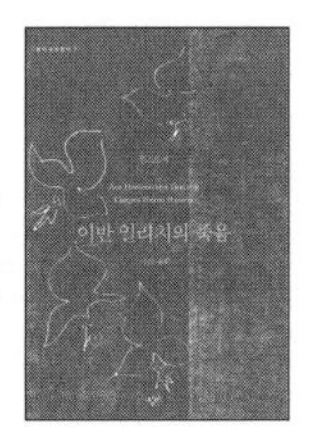

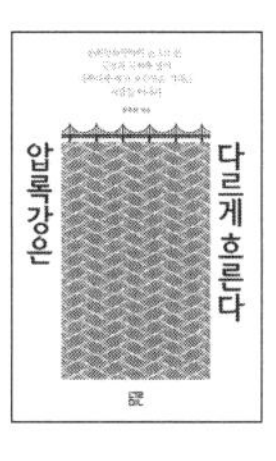

회차	도서	분야
1강	**『자전거를 못 타는 아이』** 장자크 상페 글·그림, 최영선 옮김, 열린책들, 2018	그림책
2강	**『뉴스 사용 설명서』** 모리 다쓰야 지음, 치달 그림, 김정환 옮김, 우리교육, 2017	인문
3강	**『광산 탈출』** 제인 볼링 지음, 이재경 옮김, 별숲, 2015	문학
4강	**『이반 일리치의 죽음』** 레프 니콜라예비치 톨스토이 지음, 이강은 옮김, 창비, 2012	고전
5강	**『압록강은 다르게 흐른다』** 강주원 지음, 눌민, 2016	사회
6강	**『난 두렵지 않아』** 니콜로 암나니티 지음, 윤병언 옮김, 시공사, 2014 **영화 〈아임 낫 스케어드〉** 가브리엘 살바토레 감독, 2003	문학
7강	**『소녀, 설치고 말하고 생각하라』** 정희진 외 지음, 우리학교, 2017	사회

2018년 상반기

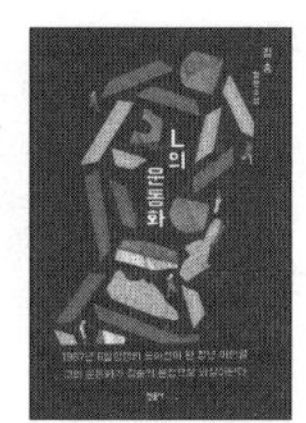

회차	도서	분야
1강	**『여우』** 마거릿 와일드 글·론 브룩스 그림, 강도은 옮김, 파랑새, 2012	그림책
2강	**『로봇 시대, 인간의 일』** 구본권 지음, 어크로스, 2015	과학
3강	**『쇼코의 미소』** 최은영 지음, 문학동네, 2016	문학
4강	**『누가 내 머릿속에 브랜드를 넣었지?』** 박지혜 지음, 뜨인돌, 2013	경제
5강	**『오이디푸스 왕』** 소포클레스 지음, 강대진 옮김, 민음사, 2009	고전
6강	**『청소년을 위한 진로 인문학』** 이의용 외 지음, 학교도서관저널, 2017	진로
7강	**『L의 운동화』** 김숨 지음, 민음사, 2016 **영화 〈1987〉** 장준환 감독, 2017	문학

2018년 하반기

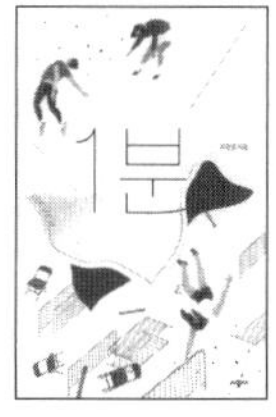

회차	도서	분야
1강	**『균형』** 유준재 글·그림, 문학동네어린이, 2016	그림책
2강	**『1분』** 최은영 지음, 시공사, 2017	문학
3강	**『인생 따위 엿이나 먹어라』** 마루야마 겐지 지음, 김난주 옮김, 바다출판사, 2013	에세이
4강	**『오만과 편견』** 제인 오스틴 지음, 김욱동 옮김, 푸른숲주니어, 2006 **영화 <비커밍 제인>** 줄리언 재롤드 감독, 2007	문학
5강	**『눈, 새로운 발견』** 김융희 외 지음, 길담서원, 2017	인문
6강	**『일러스트 자기 앞의 생』** 로맹 가리 지음, 마누엘레 피오르 그림, 용경식 옮김, 문학동네, 2018	문학
7강	**『일곱 가지 상품으로 읽는 종횡무진 세계지리』** 조철기 지음, 서해문집, 2017	세계지리

2019년 상반기

회차	도서	분야
1강	**『모자를 보았어』** 존 클라센 글·그림, 서남희 옮김, 시공주니어, 2016	그림책
2강	**『백만장자의 눈』** 로알드 달 지음, 김세미 옮김, 담푸스, 2014	문학
3강	**『1분 1시간 1일 나와 승리 사이』** 웬들린 밴 드라닌 지음, 이계순 옮김, 씨드북, 2018	자립
4강	**『엄마 카드로 사고 쳤는데 어쩌지』** 피트 호트먼 지음, 최설희 옮김, 뜨인돌, 2018	자아
5강	**『십대를 위한 미래과학 콘서트』** 정재승, 김성완 외 지음, 청어람미디어, 2018	과학
6강	**『팬티 바르게 개는 법』** 미나미노 다다하루 지음, 안윤선 옮김, 공명, 2014	자립
7강	**『위대한 유산』** 찰스 디킨스 지음, 이인규 옮김, 민음사, 2009	고전

책으로 통하는 아이들

2019년 6월 20일 1판 1쇄 인쇄
2019년 6월 30일 1판 1쇄 발행

지은이 김민영, 김한나, 박은미, 김선화, 김신
펴낸이 한기호
책임편집 오효영
편집 도은숙, 정안나, 유태선, 김미향, 염경원, 박소진
경영지원 국순근
펴낸곳 북바이북
출판등록 2009년 5월 12일 제313-2009-100호
주소 04029 서울시 마포구 동교로12안길 14 A동 2층(서교동, 삼성빌딩)
전화 02-336-5675 팩스 02-337-5347
이메일 kpm@kpm21.co.kr
홈페이지 www.kpm21.co.kr

ISBN 979-11-85400-94-5 03800

· 북바이북은 한국출판마케팅연구소의 임프린트입니다.
· 책값은 뒤표지에 있습니다.